叙诡笔记

怪谈卷

中国古代异闻录 3

呼延云 ○ 著

浙江人民出版社

图书在版编目（CIP）数据

中国古代异闻录. 3 / 呼延云著. -- 杭州 : 浙江人民出版社, 2025. 5. -- ISBN 978-7-213-11891-3

Ⅰ. I247.81

中国国家版本馆CIP数据核字第2025S9Q764号

中国古代异闻录·3

呼延云　著

出版发行：浙江人民出版社（杭州市环城北路177号　邮编　310006）
　　　　　市场部电话：(0571) 85061682　85176516
策划编辑：孙汉果
责任编辑：潘海林　昝建宇
营销编辑：张紫懿
责任校对：何培玉
责任印务：幸天骄
封面设计：异一设计
电脑制版：北京之江文化传媒有限公司
印　　刷：杭州丰源印刷有限公司
开　　本：710毫米×1000毫米　1/16　　印　张：14.5
字　　数：165千字
版　　次：2025年5月第1版　　　　　　 印　次：2025年5月第1次印刷
书　　号：ISBN 978-7-213-11891-3
定　　价：58.00元

如发现印装质量问题，影响阅读，请与市场部联系调换。

目录

第一章　奇人篇   **001**

  一、古代笔记中形形色色的"人变虎"   003
  二、地安门古寺杀人事件的真相   010
  三、"泥娃娃"缘何成了"恐怖片的开场"   017
  四、古代笔记中的"啖石"记录   023
  五、古代不小心吞了活蜈蚣咋办？   029
  六、世界上真有"飞头之国"吗？   035
  七、天降血雨与"妖人王臣案"   042

第二章　神怪篇   **049**

  一、《子不语》中诡异至极的"种螃蟹"   051
  二、黑色猿猴：招福还是招祸？   057
  三、弘治年间的"蚕神杀人事件"   064
  四、"黄大仙"为何会致人"中邪"？   071
  五、哪儿来的那么多"绿毛怪"？   078
  六、"太常寺仙蝶"的最后下落   084

七、"铜镜为妖"的几个先决条件	090
八、"厌胜"到底是个什么东西？	097

第三章　异兽篇　　　　　　　　　　　　　　105

一、"最是阴惨"的虎伥究竟是个什么东西？	107
二、《大鱼海棠》里没有提到的那些古代大鱼	114
三、给古代笔记中的巨蝎"排座次"	121
四、人面疮，宛如人脸作人言	128
五、晚清最后一只大象的下落	134
六、元顺帝年间的"枯井杀人事件"	140
七、人参：何以两百年涨价七百多倍？	147

第四章　怪谈篇　　　　　　　　　　　　　　155

一、1644年蝗灾：蝗虫竟然"环抱人而蚕食之"	157
二、八双"象牙筷子"，揭示"人骨经济"	164
三、打雷怎么成了"专治不孝特效药"？	171
四、端午节才能制造出的"终极毒物"	178
五、古代笔记中的"吃野味闹出人命案"	186
六、古代笔记中神通广大的"奇异水"	193
七、给孩子治天花，古代名医曾用"猪圈疗法"	201
八、明代中秋节的"广寒宫翻修奇案"	209
九、偏要杠一杠"转世"这件事儿	216
十、清末，摄影术咋就成了"招魂术"？	223

第一章　奇人篇

| 第一章　奇人篇 |

一、古代笔记中形形色色的"人变虎"

在我国古代笔记中,关于"虎"的记述颇为丰富。笔者经过查考,认为大致可以分成四类:第一类是讲虎患,即老虎吃牲畜、吃人的种种恐怖故事;第二类是讲"武松"们,即民间的打虎英雄如何用各种奇妙办法为民除害;第三类是讲虎伥,迷信的人认为被老虎吃掉的人会变成伥鬼,引诱其他人到老虎所在之处供其食用[①];第四类最奇,说的是人会变成老虎——而且这一类笔记远比读者想象得要丰富,甚至可以说是志怪笔记中的一大类。

1. 讽酷吏:生不治民死食民

要说人变虎的传说,在我国古代绝对当得起"源远流长"四个字。

早在西汉,刘安便在《淮南子》中记载:"昔公牛哀转病也,七日化为虎,其兄掩户而入觇之,则虎搏而杀之。"这里的公牛哀指的是春秋时期鲁国人公牛哀。与之类似,《后汉书·郡国志》中也有"滕州夷人"化虎的记载[②];另外,西晋张华在《博物志》中曾说:"江陵有猛人,能化为虎。"相较起来,《齐谐记》中记载的"人变虎"则是那个时期较

[①] 本书第三章第一节有详细说明。——编者注
[②] 参见《本草纲目》卷五十二《人部》:"《郡国志》云:滕州夷人往往化貙。貙,小虎也,有五指。"以及《太平御览》卷一百七十二《州郡部十八·岭南道·滕州》。今本《后汉书·郡国志》无此语。——编者注

为详细的一篇。故事说的是太元元年（376年），江夏郡安陆县薛道询忽然得了疯疾，怎么都治不好。"后忽发狂，变作虎；食人不可纪。"①一年后他变回人形回到家中，后来又当上大官。有一次他夜里和人聊天时，说自己"吾尝得病发狂，遂化作虎啖人"，并列举所食之人的样貌和地点。谁知同坐中有个人的亲戚正是受害者，"于是号哭，捉送赴官"。薛道询最终饿死在监牢之中。

相信诸君一望即知，薛道询这则笔记是对那些"猛于虎"的贪官酷吏的隐喻和讽刺。实际上，此类笔记在历史上还有很多，比如《本草纲目》谓《唐书》云："武后时，郴州左史，因病化虎，擒之乃止，而虎毛生矣。"②再如南朝梁任昉所著《述异记》中说：汉宣城郡守封邵，"一日忽化为虎，食郡民"。直到老百姓向他齐声高呼"封使君"，它才一去不复返。所以当时的人都说："无作封使君，生不治民死食民。"可见当时的人对他的痛恨。

那么，什么样的人会变成虎呢？按照《述异记》中的观点，"人无德而寿则为虎"。换句话说，就是那些"变老了"的坏人最容易化虎。如清代东轩主人所著的《述异记》里就记载过一个"变老了"的坏人的故事：康熙年间，广西柳州来宾县"有一村民，每日早出晚归，必携死猪羊鹿犬等物至家，以为常"。后来，他的儿子要娶媳妇，需要猪羊祀神，他的老伴便叮嘱他这次最好能买到活物。见他面露难色，老伴心中

---

① 原书已佚，参见《太平广记》卷四百二十六《虎一》。——编者注
② 参见《本草纲目》卷五十二《人部》。《新唐书》卷三十六《五行志三》记载为："长安中，郴州佐史因病化为虎，欲食其嫂，擒之，乃人也，虽未全化，而虎毛生矣。"——编者注

| 第一章　奇人篇 |

起疑,"疑以前之物皆属偷盗"。便让儿子在父亲出门时尾随在他身后观察。"至一山,见其父入岩洞中,少顷有虎咆哮而出"。儿子吓坏了,以为父亲一定已经命丧洞中。等老虎走远了,他冲进洞去,只看到父亲的衣服。他退出洞去,正不知如何是好时,却见那只老虎又回到洞里。片刻,父亲衣着整齐地走出洞来。"其子骇甚,因急归告母"。父亲到家一看母子俩的神色,知道秘密已经被他们知晓,便说"吾为汝等识破,今出不复返矣"。说完便快速向外走去,老伴拉着他的衣服不让他走,但被他挣脱,最后只扒掉他的一只袜子。后来他的儿子在山中遇到一只老虎,看到其中一只脚是人足,"因思此虎必其父"。

在同一本书中还有另一则记载:康熙四十年(1701年),在浙江东阳县也发生过一起老人变虎的事件。有个姓章的老太太,七十多岁了,"时时无故他出,辄数日不归"。她的儿子不知道她每天都去做什么,就暗中跟随。就这样儿子一直跟着她来到深山之中,直到见章老太太走进一座土地祠才放心。可是,很快祠里便传来咆哮声。儿子冲进去一看,"见其母方踟蹰变虎"。儿子大叫一声,从后面抓住她还没来得及变化的头发。紧抓不放间,"母以爪伤子面"。儿子疼痛,不得不放开手,其母趁机跳跃而去。儿子等伤愈以后,再回到山里寻找,只看见"一披发虎前行",后面还跟着几只小老虎。儿子不敢接近,怅惘而归。

难怪那些喜欢讹人的老人面目总是穷凶极恶、蛮不讲理,原来他们都是"变虎"的预备队啊!

2．喻失德：诟骂母亲变赤虎

不过，硬要说变虎的充分必要条件是"坏老人"，也不一定全对。事实上很多变虎的人，年龄并不大，且只占了一个"坏"字。

明代笔记《续耳谭》中讲过这么一件事：有个名叫王三的樵夫，"素无赖"。但不知怎的，竟然混到张天师的身边学习法术。后来，张天师发现他品行不端，只教给他一点皮毛就赶他回家。临走前，张天师又送他一只布囊，嘱咐他："使汝平生足食，在此囊中。"王三打开一看，原来是一张虎皮和一道符。人只需披上虎皮，再念诵符诀，就能变成一只老虎。他回到家以后，每天都会变成老虎去抢掠别人家饲养的猪羊。他的妻子虽然不知情，但见到家里每天那么多"收成"，心里也不免起疑。有一天，他的妻子跟在他身后出了门，只见他跳下一口枯井，然后在枯井里拿出虎皮披上。待他刚刚把符诀念到一半时，妻子也跳了下去并抓住他的一只手，大喊"不能化"。结果，王三变成了一只三足虎，从此再也不回家。村里的人听说这件事后，偶尔在路上遇到，也不怕它，只叫它的名字，它就会"摇尾而去"。

明代钱希言所撰之笔记《狯园》里，也记载过一则坏人披皮变虎的事情："万历三十三年（1605年），某县村落有居民兄弟二人，其兄尝得一虎皮。"但此人是个地痞无赖，每天都会拿着虎皮进山，在深榛草丛间"四顾无人，便解衣脱帽，以身蒙皮，虤跃数回，变形作虎"。遇到砍柴的樵夫和独自一人的女子，便"攫而食之"，等吃饱后再脱下虎皮变成人回家。长此以往，他的妻子也觉察到了什么，便提醒小叔子说:"卿兄非人类矣,恐将相噬弟。"其弟不信,有一天正好跟在哥哥身后上山,"行至深山幽绝,高树垂阴"的地方,忽然不见了哥哥的身影。他登树瞭望,看见了哥哥变成一只斑斓白虎的全过程,顿时吓得魂飞魄散,回到家便告诉嫂嫂。一会儿,哥哥化为人形回来了,其妻怒骂道:"你吃人吃饱了回来了?"他大惊失色,"须臾,眼角斜张,身渐起白斑色,便竖一脚,径出门去。经数日,忽有白斑虎来,巡行宅舍,号呼数十声,宛似怆别。已,疾驰去",从此不再回家了。

当然,也有跟上述变虎为患内容不同的记载。如明代《蜀中广记》里有一则笔记,说的便是上苍用"变虎"来惩治坏人。在五代十国时期,蜀中有个名叫谯本的人,生性凶恶残暴。有一天他回家晚了,见母亲站在门口相迎,他便开始破口大骂。母亲说我只有你一个儿子,担心你夜归,就在这里等你,没想到却挨了你的骂。说完便悲伤地大哭起来。谯本满不在乎地走开,到城墙附近坐着休息,"忽大叫一声,脱其衣变为一大赤虎,直上城去"。由于直到第二天还趴在城上,人们就用箭将"他"射死了。[①]

实际上,这一类笔记就是对那些为非作歹之徒、欺男霸女之辈的隐喻。他们的种种虎狼行径,不能不让人想到他们分明就是一群斑斓猛虎。

3. 思亲人:安知此虎非乃父

其实,在古代林林总总的"人变虎"笔记中,还有一类便是亲友"变

[①] 本故事也可以参考《野人闲话》。——编者注

虎"。这种笔记单纯从文字上看来,似乎并不能在字里行间发现什么特殊含义。比如王士禛在《池北偶谈·谈异七》中便一口气儿讲述了康熙年间的好几个案例:"江都俞生说,曾署定番州事,亲见方番司土官之母化为虎,后旬日一至家,旋入山去。又安顺府陶生,有姊适人,生子矣,一旦随群虎入山,形体犹人,与群虎队行,趫腾绝壁,如履平地。亦数日一至家,抚视其子即去。久之渐变虎形,不复至。又八角井一农家妇,亦化为虎。"从这三则笔记来看,都是对妇女化虎的平铺直叙。

再如王椷所著《秋灯丛话》里,曾提及陕西有一孝廉带着仆人在山中赶路。一时间大风骤起,原来是一只老虎摇头摆尾地跑来。仆人吓得逃走了,孝廉"战栗不能移步"。那老虎来到孝廉跟前,竟然开口说出人话:"君勿恐,吾乃同年友某也。往年至此,马逸惊坠,顿易形质,而家人无有知者。每一念及,痛心如割。知君过此,烦寄语妻孥,今已化为异物,毋庸相念,书室中有藏金数百,可掘取为糊口资。"说完又催促孝廉快走,说自己现在还算善恶分明,但一旦过了午后就会兽性大发,认不得什么朋友了。孝廉赶紧逃走。后来,他来到同年好友的家中,据实相告,"及掘地得金,始痛哭而信焉"。

对于这些在民间广为流传的"化虎"传说,究竟应该怎样解释呢?笔者以为,其实大部分"缘起"可分成两种:

一种是那个"变虎"的人其实就是被老虎吃掉了。比如,慵讷居士在《咫闻录》中记载:有一天,广东有个小名阿三的少年在私塾和几个同学聊天。大家都说好久没有吃肉了,嘴馋得紧。阿三说,这有何难,我有办法。然后走出学堂。过了一会儿,大家发现他竟然背了一头死猪回来。同学们都十分高兴,纷纷回家分着吃了。过了半年,有一天大家又说请阿三再搞头猪打打牙祭。"时方盛暑,馆近山中,旁有土地祠",阿三先走进去,然后同学们"方欲入祠,观其所为,忽见一虎,飙然奔去"。结果吓得同学们抱头鼠窜,肝胆俱裂。很久,大家才战战兢兢地进了土地祠,只看见阿三的衣服丢在地上,便说他一定是化虎而去了,就去告诉阿三的父亲。第二天晚上,其父见到一只老虎蹲在他家门口,"不去,亦不伤人",便用凄恻的口吻对他说:"你若是阿三所化,就回深山去吧。"老虎曳尾而走,"由是朝来暮去,岁以为常,乡人见之,呼名即避"。显然,阿三第一次搞到死猪和半年后在祠堂被老虎吃掉,没有任何关系。但因为是写在同一则笔记里,就会使人将二者加以联想。

第二种是因为思念失去下落的亲人而牵强附会。如清代笔记《集异新抄》中有则故事写乾隆五十三年(1788年),贵州各处闹虎患。有一天晌午时分,一只斑斓猛虎竟然跑到毕节一户人家,躺在卧室床上睡大觉。当时,有几千山民将屋子围住,却无一人敢进去。有个猎户出主意,说不如扒开卧室房顶的瓦,往下射箭。这时家中的主人哭着说:"怎么知道这虎不是我父亲所化呢?"于是制止了大家的攻击,只敲锣打鼓地驱逐之。直到晚上,老虎才睡醒,慢慢起身走掉了。后来,有人从城墙上偷偷看,发现老虎一步三回头的,"若有恋恋之状"——不难看出,这不过是把那些胆大妄为、闯进人家的猛兽当成亲人的化身罢了。

现如今,稍有常识的人都知道,人变虎是万万不可能的事情。但古代笔记中不绝如缕的"人变虎"传说,倒还真是各有深意,耐人寻味啊。

二、地安门古寺杀人事件的真相

2018年的"十一"长假,我被家人拉到北京官园参观"北京首届昆虫艺术科普展"。看了那些展品后,着实让我这见蟑螂就吓破胆的家伙,鸡皮疙瘩掉了一地。记得有一龙虱的标本,我家孩子指着问这是不是臭虫,我回答说不是。但当他让我说臭虫到底是个什么样子,我也答不出。

记得从前读清人乐钧所著笔记《耳食录》时,曾对一文印象颇深,这篇名曰《壁虱》。壁虱就是臭虫,不要说现在的青年,就是笔者也"只闻其声不见其'人'"。最多只知道这东西在过去农村落后的地方比较多见,甚至在20世纪50年代的"除四害"运动中还曾列有它的大名——可见其嚣张与危害。但随着近几十年来都市化进程的加快、农村卫生条件的改善,它偶尔出现一次都是新闻,可见威风早已不复当初。然而,在古代笔记里,人们每每提及,仍是令人胆寒,尤其对有密集恐惧症的读者,真是要命。

1. 马厩之怪:白马竟变成了紫色!

现在,就让我们来看看《壁虱》一文,这篇文章中所述有两个故事。

第一个讲的是,有个女人做梦梦见"黑甲人为祟",醒来后精神便有些不大正常。家人问她黑甲人从哪里来,女人回答"自楼来"。可是,家中的二楼用于储存杂物,已经很久没有人进去打扫,不可能有人居住。但大家还是"登楼索之",最后竟然在一个破旧不堪的柜子里发现一只巨大的臭虫,大家立刻将它捉住烧死,"怪遂绝"。

第二个讲的是,"某甲宿斋中,日就羸尪[①]"。可是家人不知道他患了什么病,即便带他看医生也查不出来问题。一日深夜,待他睡后家人来到卧室,点亮烛火一照,只见一只巨大如碗的臭虫正趴在某甲胸口吸血,其身边还有无数小臭虫,密密麻麻地附着在某甲的身上。一见烛光,这些臭虫迅疾爬走,钻进屋子死角的一个地洞里,家人遂"灌而掘之,尽死"。之后,某甲的病也慢慢地好了。

从这两个故事我们可以看出,第一个有故弄玄虚之嫌,第二个倒是讲出几分真相。臭虫习性是昼伏夜出,它们平时躲在被褥下面,待人睡熟后就出来吸血,导致被吸者因贫血而病弱。但如果从恐怖的角度讲,这两个故事与慵讷居士在《咫闻录》中的一条记载比,就是小巫见大巫了。

故事发生在山西一所驿站,那里的马厩非常古怪,"毙马甚多,驿丞以此罢职"。不久,一位新的驿丞上任,听说这桩怪事后,就把负责看管马厩的人叫来,查问"屡年倒毙之故"。结果管马厩的人说自己也搞不清楚,只知道好端端的一匹马,只要放进马厩,第二天就会莫名其妙地死掉。驿丞怀疑是风水的原因,便把马厩换了个位置,谁知"此夜马毙,更甚于前"。驿丞真的恐慌起来,枯坐半晌,直到窗外红乌将坠,才跟老婆孩子们辞别说,朝廷设置驿站,就是用来迅速传递消息的,驿马是关键,倘若驿马接连死去,导致十万火急的军情不能及时上传下达,贻误军机,我就不是单单罢官那么简单了。所以今夜我一定

[①] 日渐消瘦。

要查明驿马暴毙的真实原因，哪怕是妖魔鬼怪，也要殊死一战。胜则万幸，败了的话就携带我的尸骨回乡去吧！

一家人苦言相劝，驿丞就是不从。只见他当晚带着被褥，拿着一把腰刀，就到马厩里住宿了。

"至三更许"，假寐的驿丞突然听见一阵窸窣声，随后马厩里的马惊惶不安起来，尥蹶子甩脑袋的声音不绝于耳。驿丞点亮烛火，"毫无所见"。驿丞心下奇怪，却又无可奈何，便灭烛安寝。谁知刚刚躺下，黑暗中窸窣声再次响起，"渐紧如密雨"，自东边过来，"厩马尽皆騠蹶嘶鸣"！驿丞知道大事不妙，"复燃火遍视"，结果发现马厩中的几匹白马都成了紫色！他正错愕不已，"忽见地下一线，如蚁往来，约有亿万许，皆臭虫也，竟有大如棋子者"！而白马变紫正是因为臭虫遍附其身疯狂吸血的缘故。

驿丞大怒，便用火烧那些臭虫。臭虫们遂落荒而逃，驿丞"寻其归路"，见臭虫们都涌入了马厩东边的一口枯井之中。这时天已蒙蒙亮，驿丞立刻指挥手下将大量木柴扔进井内，放火焚烧，臭虫们在井里叽叽嘎嘎地一通挣扎，最后全部被烧死。一时间"臭闻数里"。从此以后，马厩里再无"毙马"之怪了。

2．凶宅之妖：死者皆面无血色！

我们知道，臭虫不仅吸血，还能传播疾病。古人对待它就像今人看待蟑螂一样，虽恨得牙根儿痒痒，却又不能将其彻底根除。所以便写出了不少离奇恐怖的故事，以提醒人们对其提高警惕、加强防控。这些故事中，尤以清代学者汤用中在《翼駉稗编》里的两则笔记为最。

第一则是江苏武进县的故事，其中讲了两个故事。据说当年武进县臭虫闹得非常厉害。先是当地有个衙役姓曹，家正好住在牢狱隔壁。"每二更，墙下辄见萤火一圈，飞入墙内"。曹某疑是鬼火，就用长杆追打，只见"应手堕地，散为千万点火星"。家人拿出火烛一照，竟是无数臭虫！不久在县西街一饭馆又发生了一件事，才真正揭开了臭虫来自哪里的奥秘。此时大牢里的囚犯每天夜里都被臭虫叮咬得不能安枕，痛痒不堪，叫苦连天。狱卒们觉得这样下去非闹暴动不可，便四下里寻找臭虫的来源。结果发现黎明时分，臭虫们"由狱门缝出，循墙如蚁，一线相属"，最后从阴沟爬进隔壁的饭馆里面去了。但狱卒们跑进饭馆找了半天也没找到臭虫。等到"入夜验之"，才发现原来饭馆切肉的砧板有一道裂缝，砧板的"芯儿"早已被蛀空，臭虫白天就躲在里面，晚上再沿裂缝出来，跑到大牢去吸血。说起来，狱卒们平时也经常到这家饭馆吃肉喝酒，目睹此景，险些呕吐，强忍着熬到天明，等臭虫列队归来钻进砧板，立刻举火焚之，"臭闻数里"。

如果说武进县的臭虫只是恶心人的话，那么京城的臭虫可就真的能杀人了。

那么就让我们看看第二则《蜃虫杀人》的故事。却说"京师后门[①]某古寺，有客屋三楹，人居辄死，不知凡几人"，简单来说这就是一座凶宅。而那些死去的人，经过仵作检查，"无他异"，只是皮肤呈淡黄色，且面无血色。于是京师盛传此屋绝不可轻入。有几个胆子大的少

---

① 即北京地安门。

年，打算进凶宅一探究竟，便结伙出地安门入古寺。他们进了屋子，席地而坐，将准备好的酒菜拿出吃喝，直到吃完也未发现屋子里有什么异状。待到半夜，大家都疲惫困倦之时，突然有一少年发现，自己"但觉口有出气无进气"，不禁大骇。当他跟其他同伴一说才发现，每个人竟都是如此，"久之益不可耐，大惊"，遂急忙跑到屋子外面。等他们点亮烛火，才发现"室之内外墙壁梁柱悉蜇虫布满，蠕动枕藉，如恒河沙数"。没错，如果刚才逃得慢了，恐怕就要被臭虫蜂拥而上吸血而亡了。

等逃到安全的地方，少年们狂跳的心脏才逐渐恢复平静。大家毕竟年值热血，觉得既然发现了凶宅的真相，就不应该放手不管，于是他们又结伴返回，回来时却发现屋子里空无一物。那么多的臭虫到底躲藏在哪里呢？一位少年突然发现了一口扣在地上的铜钟，他点亮烛火朝里面一看，顿时毛骨悚然——"蜇虫满焉"！这些臭虫"出入当钟钮处孔窍"，于是大伙儿用泥把那处孔窍封住，然后在铜钟外面覆满了柴火，举火焚之，"移时，震动有声，流血水数斛，臭不可闻"。此后这三间客屋里再也没有发生过死亡事件了。

3．头肿之异：有微物游泳水中

晚清、民国时期北京的卫生之差，是相当出名的。可惜现在的影视剧一演绎旧京，总在这个地方出错。老北京的屋顶有没有那么美，这个还真不好说；但旧北京的街道绝没有那么干净！1928年，《医学周刊》中刊有朱季青所著《北京的三大怪状》一文，该文从医学角度分析了北京的扬尘，"包含有牛马驴狗及人的尿粪、肺痨病人的痰、烂脚脓、淋浊脓以及各种脏水等等，各项传染病的微菌应有尽有"。室外如此，室内更甚。绝大多数市民的家中都达不到卫生标准，遑论龙须沟一类的贫民窟。总之到处都是跳蚤、臭虫的乐园，而寄生虫病害更是猖獗到令人难以置信的地步。

北京尚且如此，其他偏远的地方就更别提了。如民国著名文人喻血轮在《绮情楼杂记》中便写了安徽歙县发生的一件奇事：有王姓兄弟二人，哥哥三十多岁，教私塾为生；弟弟只有十一二岁，跟着哥哥读书。兄弟俩每天晚上睡在一张床上，哥哥有"烟霞癖"，就是鸦片烟瘾。要知道，瘾君子的起居无不邋遢，衣被尤为肮脏，往往经年不洗。就在这样的环境中，有一天弟弟的右耳突然感觉奇痒难忍，"似有虫爬动，以挖耳掏之，殊无所见"。这之后不久耳朵竟然聋了。不久，耳朵上面的皮肤又突然红肿，但不痛不痒。一个多月以后，红肿逐渐扩大。哥哥觉得不大对劲，赶紧带着弟弟找中医治疗，稍微缓解了一些，又过了几个月，"肿及全头，以手按之，其软如棉"。

见状，哥哥越发着急起来，想搞清楚弟弟怎么就变成了"大头娃娃"。他找了个理发馆，让弟弟剃了光头，然后把他带到明亮处。细细看他的头皮，"则肿处透明，状如琉璃"，再看一眼不禁吓得魂飞魄散——"中似有水，且有微物游泳水中"。

这一下，整个歙县都传遍了，以为是大奇之事。哥哥愁得不行，弟弟却"饮食如常，亦无痛苦，惟羸弱不堪耳"。

不久之后，有位客人——是哥哥的故友，来到他的家中拜望。听哥哥说起此事，客人亦以为奇。他也看了弟弟的头皮，但琢磨半天，总是不明就里。这时天色已晚，他便借宿塾中，跟兄弟俩睡在一张床上。睡到半夜，他觉得身体刺痒难忍，不能入寐。点灯一照，但见榻上肮脏不堪，尤其枕被之下，臭虫如麻，抓杀不尽。客人正在搔头不止的当儿，突有所悟。他叫醒哥哥说："你弟弟的病，想必是臭虫由耳朵眼儿里钻入脑际，在脑骨之外和头皮之间生存下来。随后又滋生繁殖，致使血液变水，而成现状——我已经有了治疗的办法。"

第二天一早，客人"命宰一老鸡，去其内脏，实以五香，就火上蒸之"。等蒸到香气四溢时，将蒸鸡取出，放到一个脸盆里。然后，让弟弟把右耳枕在脸盆上，又覆盖上一层毛巾。同时，耳朵眼正对着蒸气，能让香气流入，"坚嘱勿少动"。没多久，"病者觉有物自耳中蠕蠕出"，这样大约一顿饭工夫，"渐觉头部轻快"。一个小时后，"耳中始似无物"。这时候，再揭开蒙在弟弟脑袋和脸盆上的毛巾，可见满脸盆都是臭虫，它们正附在蒸鸡上，"其色殷红"——而弟弟的头肿当日即消也。

臭虫之害，竟致入脑，想来令人胆寒；而除虫之法，竟是以另一更香之物诱之，也是一奇。但此法可疗一人之顽疾，不能治举世之虫患。正如很多社会危害，不下决心做彻底根除，而只想着寻求可替代物或怀柔之法，以承毒物一时之快，那么终究还是敷衍塞责。而今日鲜见臭虫踪迹，归根结底还是全社会卫生条件的好转，导致此物彻底失去了托生之所。

三、"泥娃娃"缘何成了"恐怖片的开场"

"泥娃娃,泥娃娃,一个泥娃娃。也有那眉毛,也有那眼睛,眼睛不会眨。泥娃娃,泥娃娃,一个泥娃娃,也有那鼻子,也有那嘴巴,嘴巴不说话……"

这首儿歌《泥娃娃》虽很著名,但我从小就不喜欢听。因为每次听都觉得从曲调到歌词都非常诡异,让人浑身不舒服。后来我成为一名推理小说的创作者,当然或多或少会接触一些悬疑或灵异的话题,发现有很多网友将这首歌列为"恐怖儿歌",并杜撰出一些毛骨悚然的故事……当然,无论是这首歌的词曲作者还是演唱者,在创作和演唱这首歌曲时并没有那么多凄恻或吊诡的"幕后故事"。但,"泥娃娃"一旦在中国古代笔记中出现,那么它一定会如恐怖片的开场一般,预示着某些令人不安的事件即将发生。

1. "拴娃娃"拴来诡异事

"余两三岁时,尝见四五小儿,彩衣金钏,随余嬉戏,皆呼余为弟,意似甚相爱。稍长时,乃皆不见。"

写这段话的,是清代著名学者纪晓岚。他在《阅微草堂笔记》中讲述了自己童年的一段经历:他在两三岁时经常跟一些穿着彩衣金钏的小朋友一起玩耍,他们把他当成小弟弟般友爱。但长大一些后,这些小朋友突然就不见了。纪晓岚便去问自己的父亲,小朋友们去哪儿了?最后得到的回答是，那些不是人，而是一些泥娃娃。

纪晓岚的父亲纪容舒说，纪晓岚的"前母"（即纪容舒的第一位夫人，非纪晓岚生母）由于一直没有生孩子，便让尼媪"以彩丝系神庙泥孩归"。随后，前母将其放在卧室里，不仅给它们每个都起了乳名，还"日饲果饵，与哺子无异"。这位夫人去世后，纪容舒便命人将这些泥娃娃移出房间，埋在后面的院子里。后来害怕它们兴风作浪，本来想挖出扔到别的地方，但时间太久，"已迷其处矣"。

这种类似"拴娃娃"的习俗，在中国古代——特别是今河北一带十分盛行。但"拴"回家的泥娃娃未必能起到助续香火的功用，有时一些泥娃娃反而会成为作祟的根源。如清代学者李庆辰在《醉茶志怪》一书中就写过这样一件事："津中风俗，妇人乏嗣者，向寺中抱一泥娃归，令塑工捏成小像如婴儿，谓之压子。"有个妇人就这样抱回一尊泥娃娃，并对它日供飧馔，跟对待真的孩子一样。有一天，妇人回娘家去了，把泥娃娃留在屋子里，并没有按时供奉饮食，"辄闻室中儿啼声甚厉"。家人听后都惊恐万分，不敢进屋查看，只敢开窗窥之，最后发现"乃泥娃也"。

清代学者曾衍东的《小豆棚》则讲了一篇"反拴娃娃"的故事。山东淄博颜神镇一位姓国的女子，嫁人后即生了重病，"未久而死"。她的丈夫非常伤心，哭泣不已。"数日后，夫独宿，忽见妻牵帏入，华妆盛服，艳逾生时"。丈夫又惊又喜，将她抱在怀中，"见其言笑，皆极燕婉情意"，便忍不住好一番温存。之后，丈夫向妻子诉说思念之情，备极凄楚，而妻子也对他愈加温柔。那以后，国氏每夜必至，凌晨揽衣而去，唯一奇怪的是她的衣服"作纸折声"。过了一个多月，家人发觉了这一情况，都以为是鬼祟，想尽办法禳驱之，皆以失败告终，只好任他们继续幽会。转眼一年过去，丈夫发现妻子的小腹鼓胀似有孕，不知是怎么回事。妻子对他说："我要去泰山了，不能再回来。但现在已经怀了你的孩子，待分娩后，送来交汝育之。"遂去，自此寂然。第二年，丈夫一夜睡醒，觉得身下硌得慌，一摸发现竟是个泥娃娃。

2．"骷髅娃"变成红毛怪

除了"拴娃娃"之外，还有纯粹出于娱乐用途购买的泥娃娃，也会发生怪事。比如民国文人柴小梵所著《梵天庐丛录》中记载，当时南京花牌楼南有一户姓白的富裕人家。他们家中人口虽不是很多，但屋宇闳邃。有一天晚上，白某的小儿子坐在书房里温习功课，忽见一妙龄女子撩帷而入。但见其明眸皓齿，丰腴迷人。少年想家中素无此人，顿时心生疑惑，但又被她的美色迷住，遂结结巴巴地问她的来由。"女诡答之，且逗以淫词"。少年心中荡漾，便与那女子在房中缱绻……"自是每夕必至"。但是家中一直无人知晓，大家只看到少年身体渐渐变得黄瘦。终于有一天，少年的母亲问他是怎么回事，他不敢欺瞒，据实相告。其母认为他一定是被妖怪缠上了，便教给他应对办法。这一晚，女子又来，刚刚脱下了衣衫，少年便一把夺过，"门外僮仆鸣金燃爆竹"。女子大惊，裸体而逝。早已埋伏在门外的家里人一拥而入，少年把自己所夺的衣衫向他们展示，不料竟变成了一把泥屑。"群惊愕，是夕竟不敢睡"。第二天，一个僮仆见堂上摆放的一个一向穿着彩色衣服的泥娃娃"忽不衣而裸"。他告诉了大家，"众悟，取泥人出掷而碎之"！从此，再也没见那个女妖来过。

泥娃娃之所以能这样搞怪，在古人眼中，自是有一番道理："盖物太肖人形，感异气即足为怪，况工人聚精凝神之作乎！"[①]不过有时候，制作者并非聚精凝神，只是所用的材料不妥，同样会出事。如《醉茶志怪》里记载过这样一个故事：有个村民从市场上回家，路上正遇暴雨。见道旁有一座古墓，他就匿身于碑楼下。忽然"见土中一骷髅，捡出，戏以湿泥抟其面，捏作五官"，即将其捏成一个泥娃娃。这也就罢了，偏偏这村民平日里恶作剧惯了，顺便还把从市场上买的枣和蒜全都塞在泥娃娃嘴里。当雨停了以后，他便把泥娃娃搁在一个墙洞里离开。几年以后，邻村突然来了个鬼怪，全身长满了红毛，每天深夜飞进村子里面，一边追逐村民一边呼喊："枣甚好吃，蒜太辣！"被它追到的人都生了重病。那个用骷髅做泥娃娃的人听说后，惊讶地说："难道是我做的那个泥娃娃作祟吗？"于是他来到当年避雨的那座古墓，"见物仍在窟中，绕颊丛生红毛，蓬蓬如乱发"——跟那个红毛妖怪的脸一模一样。于是这村民将其毁之，怪遂绝。

3．"木娃娃"上留刀疤

其实不光泥娃娃，古代笔记中的"木娃娃"有时也能做出让人惊掉下巴的勾当。

清代小说家、戏剧家宣鼎在《夜雨秋灯录》中记载过这样一件事：

---

① 参见《阅微草堂笔记》卷十四。——编者注

第一章 奇人篇

有个名叫诸妹子的小伙子,已经二十五岁了仍旧不学无术,整日除了喝酒就是赌博,"日渐困窘,人皆唾弃,而饮博如故"。

有一天,他加入了某个强盗团伙。虽然他没有横刀杀人的胆量,却有逾墙钻穴的本事,于是被强盗团伙"录用"。强盗团伙给他的任务是,每次抢劫,由他负责先进入目标家中探听虚实,如果安全就开启大门,放其他人进去。

"夜静,听村柝转三更",这伙强盗各执坚利,蜂拥鱼贯而行,越数叠岗阜,至一孤村。他们发现这村子左右都是山岩水沼,虽灯火全无,却有一栋舍宇鳞接的大宅子,于是便派诸妹子进去打探。"诸妹子逾数重垣,直达内寝",发现"各室皆黑,唯西厢窗牖时露灯光"。他钻过去用唾沫蘸湿窗上纸,将其捅破,往里面偷窥,只见屋子里有几个女子。其中有个女子抱着一个尺许长的小娃娃哄睡,那娃娃"白如雪,莹如玉,呱呱啼不辍",过了很久女子才将他哄着,随后三个女人也一并睡下。

诸妹子见都是些女人,便出了大宅告诉众强盗。这伙人觉得今晚既能劫财又能劫色,便喜滋滋地冲了进去,却就此阒然无声。诸妹子等到东方将白也不见他们出来,想他们肯定一个个得了好处,先溜了。不禁满腹妒念,登上墙外的高树往墙内观看。结果惊诧地发现众强盗都躺在院子里,身首异处!他吓得魂飞魄散,进退两难。一会儿看见宅门打开,那几个妇人走了出来,一边走一边笑着说:"恶贼无故来送死,又烦劳老娘亲手葬。"然后她们将众强盗的尸身抬出,运到南岗头埋葬。诸妹子又气又恨,想屋子里只剩一个小娃娃,不如杀了替同伙报仇,"乃逾垣入,拾地上刀,奔进绣闼"。一看那雪白的娃娃还在熟睡,挥刀将其断为两截！谁知砍上去的声音像砍断木头，"视之，盖木头雕成也"！

诸妹子大惊失色，转身要逃，却被那几个女子堵在门口，抓住后将他绑在柱子上。过了几天，这家的男人们回来了，他们认出他就是"市上无赖诸妹子"，便决定让他自裁。见诸妹子不愿自裁，便命下人拿出一把刃薄如纸的刀子，脱掉他的裤子，"宫之"。诸妹子疼得昏死过去，那些人大笑说"这才像个真妹子"，然后将他赶出了村子。诸妹子回到家，将事情的经过告诉了官府，官府派出捕役，会同数百营弁重至旧处，"则村舍全无，荒烟零落"。最后，众人只在草中拾得一木雕孩童，木头上有一道拦腰砍下的旧刀痕……

无论泥娃娃还是木娃娃，之所以会在古代笔记或志怪传奇中兴风作浪，甚至直到今天还会让人们偶尔听闻仍以为异，并不是因为"物太肖人形，感异气即足为怪"，而是因为心理学上的"恐怖谷效应"！即任何拟人的物体与人类的相似程度达到一个临界点时，就会引发人们对其紧张恐怖的情绪。尤其涉及儿童的玩具等事物，儿童本来给人以天真无邪的形象，因此当"拟人物"触发恐怖谷效应时，形成与本来形象的巨大反差，往往会让人感到格外的狰狞与邪恶……明白了这一点，便可知无论泥娃娃还是泥娃娃的传说故事，都不足为怪，只是为我们的心灵投射上了异样的感觉，古语云"其鬼真耶，是物感也；其鬼幻耶，是心造也"。然也，然也！

四、古代笔记中的"啖石"记录

我们知道,《山海经》上有"蚩尤铜头啖石,飞空走险"的记载。虽然今天人们早已承认蚩尤在中华民族形成与融合中的重要地位,但在古代,蚩尤既然扮演了恶人、悍徒和失败者的形象,那么"吃石头"就成了"反派"的标配。而且,在古代笔记中,我们经常可以见到一些奇人异客"啖石"的记录,其笔触所及也别有一番情愫。

1. 涧底束荆薪,归来煮白石

古代笔记中"啖石"的记录,盛见于两个时期:一是魏晋南北朝;二是清朝。魏晋南北朝时期"啖石"较多,是因为名士们很喜欢食用寒食散或五石散。究其本质,就是由石钟乳、紫石英、白石英、硫黄和赤石脂等组成的一堆矿物质混合物。这些东西刚刚服用时会使人全身发热,烦躁不安,必须大步快走以散热才行。而后,会出现某种类似吸毒后的幻觉,飘飘然若神仙一般。结果,在世人的眼中服食这些"毒药"便有了几分仙意,加之又有何晏、皇甫谧等名士的提倡,在社会上风靡一时。如《世说新语》中就记载,何晏到处跟人吹嘘"服五石散非唯治病,亦觉神明开朗"。大量服用的本意自然是希望求得长生不老,但最终结果往往是"隆冬裸袒食冰,当暑烦闷,加以咳逆,或若温虐,或类伤寒,浮气流肿,四肢酸重"[①],最后只能一命呜呼。时间久了,人们

---

① 参见《晋书》列传第二十一《皇甫谧传》。——编者注

认识到这股"嗑药"的歪风实在于健康有百害而无一利，所以后来渐渐便"只在江湖上留下一个传说"。传说归传说，但基于愚昧的欲望往往格外执拗，所以以身犯险者依然络绎不绝，特别是明朝那些当了皇帝想成仙的朱家子孙，尤其对此趋之若鹜。无论是祸害嘉靖帝的"仙丹"，还是害死泰昌帝的"红丸"，虽然与寒食散和五石散在配料和制作方法上存在明显区别，但"理念"上都是同一类货色。

本文所述之"啖石"，援引的主要是清代笔记中的记录，而其意也并非将各种石料研磨后按照一定剂量配伍成某种"仙药"后吃下，而是直截了当的三个字——吃石头。不过这一类"啖石"的根也出自魏晋。如东晋著名炼丹术士葛洪在《神仙传》中便记载过一个名叫白石先生的，"不肯修升天之道，但取不死而已，不失人间之乐"，他"常煮白石为粮"，虽然活了几千年，但看上去只有四十多岁。这则传说为很多后代文人墨客所熟知并欣羡，于是留下了"涧底束荆薪，归来煮白石"，"白石通宵煮，寒泉尽日舂"，"夜铛白石煮秋雨，玉佩赤锦飘霞裙"等许多佳句。

"仙人煮石，世但传其语耳。"这是清代著名文人王士禛在《池北偶谈》中的一则笔记开首所言，亦是指白石先生事。这则笔记讲的是：王士禛的家中曾有一佣人名叫王嘉禄。这名佣人从小住在崂山，"独坐数年，遂绝烟火，惟啖石为饭，渴即饮溪涧中水，遍身毛生寸许"。后来王嘉禄因母亲年老而归家，渐渐开始生火做饭，身上的长毛逐渐脱落。然而他依然以石为饭，每次拿到一块石头，只要在太阳下一照，就知道其味道甘咸辛苦，"后母终，不知所往"。蒲松龄在《聊斋志异》中的"龁石"一文便根据此则笔记改写，所不同者，在啖石之外又加了

"松子",大概是因为松子乃古代仙人常食用的干果吧。

2. 食得石头者,实为异食癖

石头不能当饭吃,很早就已成为人类的共识。所以,那些拿石头当饭吃的人们,反倒有一些"化外"的味道。比如清代钮琇所著《觚剩》中有这样一个故事:广州市上有一乞丐,二十来岁的样子,虽看起来身体虚弱,肚子却胀得像个大葫芦。他每天早晨出门,总是一边走一边喊:"收买瓦石瓷器喽!"市井的那些闲散人员就跟在他后面看热闹,有的甚至捡了些石头、瓦片什么的给他。而他"即纳口咀嚼",如同吃莲藕、甘蔗一样津津有味。东莞地区盛产的一种红米石,是那个乞丐最喜欢吃的。不过他并不喜欢吃瓷器,如果想看他食用,必须得给他一些钱,他才会把瓷器在嘴里嚼烂,然后"瞪目伸颈,微有哽咽难下之状"。这个乞丐晚上就住在三界神庙里,天气热的时候必然在庙前的江水里洗澡,由于肚子太大,往往漂浮在水面而不会下沉,市井的那些闲散人员一边围观,一边啧啧称奇。

清人诸联在《明斋小识》中写道,他有一位好友,幼时在家门口扔石头瓦片玩儿。"逢一丐来昂然立,不言亦不走"。好友便捡起两片破瓦交给乞丐,说"这个给你吃"。本来只是一句小孩子的玩笑话,谁知那乞丐"即接以入口,齿声清脆,如嚼冰藕,食毕而去",由于好友那时还小,没有感到惊讶和害怕。等到长大回忆起来,"觉其事甚怪"。

如果你仔细阅读这些笔记,便能感受到作者复杂的心绪:一来认为吃石头者乃是异端,二来认为吃石头者皆非凡人。这种难以褒贬的"非凡"既来自石头并非食物的认知,又来自对魏晋以来服石以求长寿的迷惘,堪称常识和"传统"的双重思考:以至贱者为最奇异;以化外人为最神秘。以脱离现实轨道的人和行为,为超脱现实苦难的有效渠道和正解——这里面蕴含着很多中国传统文化极为复杂和矛盾的心态。

其实在古代,不单单吃石头,吃比石头更坚硬、更难消化、更不可思议的东西,亦见于书。如柴小梵在《梵天庐丛录》中曾写道,太平天国英王陈玉成有一位部将,他要么就不吃饭,要吃就一顿可以"兼十人饭"。另外,他还特别有一样能力,就是吞食匕首,"格格数声,已烂碎下腹矣"。方便时,还能"见铁屑闪烁粪坑中"。还有汪康年在《汪穰卿笔记》中写过一个长春刘氏女:"刘有奇禀,自小有食炭之癖,冬日食最多,夏则少食,且谓人曰:'味甚甘美,余殊不觉其有难食之处。'"今天的科学研究已经证明,这些并不是什么"天生异禀",而是一种名叫"异食癖"的疾病使然。

异食癖是指患者喜欢吃一些非食物的物质,比如头发、海绵、金属、石头、纸张、蜡烛、塑料袋等。造成这种情况的原因,往往是心理疾病或体内某种维生素或矿物质的缺失,但也有很多是大饥荒造成的食物匮乏所引起。比如在中国历史上大名鼎鼎的"观音土",就总被用作大荒之年充饥。但是,长期食用非食用物质,容易造成食物中毒、细菌感染或其他消化道疾病,绝不是什么值得夸耀和羡慕的事情。

3. 石头为彩礼,石头解妒意

然而值得玩味的是,在古代笔记中,女性吃石头却有着完全不同的

第一章　奇人篇

意义。

如袁枚在《子不语》里写道：天台县西乡举办赛会迎神，当时神像的袍子微有褶皱，有个姓陈的妇人看见了，便"为扶熨之"。

当晚，陈氏忽然见到"金甲神自称将军拥众至，仪卫甚盛"。只见那金甲神说："你替我整理衣襟，这就说明你有情于我，今天我将娶你为妻。"同时，金甲神还带了很多精致的"点心"给陈氏吃。陈氏一看，"皆河子石也"。陈氏起先不敢吃，可是一嚼之下，"甚觉软美"。更有趣的是，这些石头甚至没有造成消化道疾病，而是"小者从大便出，大者仍从口内吐出，吐出则坚硬如常石子矣"。但陈氏依然害怕，等父亲和兄弟来时，便将实情告诉了他们，"俟其来时，使有勇者与格斗"。这场人神之间的打斗十分激烈，最终金甲神因锤子的锤柄被打断，不得不退出战斗。后来，他们得到消息说西乡一座野庙中"有五通神所执金锤有伤"，方知那金甲神其实是五通神。而五通神向来被目为邪神，"乃毁其庙，神亦寂然"。

在这篇故事中，石头子成了神祇勾引妇女的诱饵。

而在清人徐士銮所撰笔记《宋艳》的一则故事里，石头子又成了女人为"解恨"而默默发泄的器具。笔记中记载：士人李璋，其妻徐氏"美艳而性静默"。按照过去的标准，她相当地恪守"妇道"，平常就在家里宅着，连往窗户外瞥一眼的情况都没有。唯一比较特殊的，只有到了晚上她会独自在后花园散步。李璋一开始不以为意，但后来发现徐氏每次散步以后回到屋子里"则口吻间若咀嚼物"。他觉得奇怪，就悄悄跟在后面查看究竟。结果发现妻子走到一片竹林里，俯下身子在地上摸来摸去，仿佛是在寻找着什么。但由于竹林叶密，李璋看不大清楚。等徐氏出了竹林,"归仍咀嚼"。当天夜里,李璋在妻子的枕头边摸到一颗石子,早晨一看上面居然有牙齿咬过的痕迹。李璋十分吃惊,打开妻子的贴身化妆箱,才发现"齿痕之石甚多"。李璋追问妻子这到底是怎么一回事,徐氏始终闭口不言。最后李璋发现,过去徐氏嫉妒别人,"自齿石之后,遂不复妒,更为宽容"。即便是李璋与婢女在别的房间寻欢作乐,徐氏也是完全不闻不问,"如是者累年,乃病卒"。

同样是吃石头,在男性那里就是长寿之道或成仙之法;到了女性身上,便成了不贞的代价或善妒的转移。看来古代那种男尊女卑的意识,真的是比石头还要坚硬啊。

五、古代不小心吞了活蜈蚣咋办？

话说在《西游记》中，孙悟空与多目怪大战时，多目怪突然脱了皂袍，亮出胁下一千只眼睛。一时间"森森黄雾，两边胁下似喷云；艳艳金光，千只眼中如放火"，直把个齐天大圣困在金光黄雾中，吃了败仗。后来多亏毗蓝婆菩萨出手相救，以一枚绣花针逼多目怪现了原形——乃是一条七尺长短的大蜈蚣精。八戒获救后问猴哥，毗蓝婆菩萨何以制胜？孙悟空道："我问他有甚兵器破他金光，他道有个绣花针儿，是他儿子在日眼里炼的。及问他令郎是谁，他道是昴日星官。我想昴日星是只公鸡，这老妈妈必定是个母鸡。鸡最能降蜈蚣，所以能收服也。"

我们知道，"五毒"之中，若论毒性，恐怕以蛇为第一；但要说模样狰狞丑恶，让人一望胆寒，定是蜈蚣无疑。不过，在古代笔记中，能够打败蜈蚣精者很少见公鸡，反倒是另有其"人"。

1．生吞蜈蚣有良方

"人"字加双引号的缘故，是消灭蜈蚣精这件事，往往并非"人力所能及"，如果非要人出手，往往要付出很大的代价才能搞得定。

如《醉茶志怪》的作者李庆辰写道，他家乡一个村落的西南郊"有大蜈蚣，长约五尺余，宽半尺，出没不测。夜则有光如炬，照灼数步"。为此，村民们都很害怕，唯恐它兴风作浪。因此村民们便于一天晚上约齐了人手，每人手持棍棒，在各处搜查它的踪迹。最后，终于在一处草莽中发现了它，但见它"盘伏如带"。众人抡起棍子便打，那蜈蚣伸缩闪躲，不仅难以制服，反而气势汹汹地要对人们发起反击。大伙儿见状都十分害怕，纷纷奔逃。只有两个壮汉奋力乱击，终于将它打死。但回到家后两人突然觉得肢体麻木，"视其二人之臂，均黑肿如墨"。回想起其实并没有被大蜈蚣咬过，竟也能被它远程伤到，只能感慨"怪物不可以力敌"了。

真的被蜈蚣伤害，肯定是件麻烦事，但更要命的是不小心将活蜈蚣吞进肚子里。如陆以湉所撰笔记《冷庐杂识》中说，"南方多蜈蚣，且家家用竹筒吹火，尝有是患"。这里这个"患"就是指"以竹筒就灶吹火"时，将躲藏在竹筒里的蜈蚣"误吸……入腹"。明代吴县有个道士就出现过这种意外，肚子"痛不可忍"。多亏吴县有个名叫张冲虚的神医，取"碎鸡子数枚，令啜其白"，就是让道士喝下蛋清，"良久，痛少定"。张冲虚又找来生油，逼着道士咽下，最后终于把裹缠在一起的蜈蚣和蛋清吐了出来，"盖二物气类相制，入腹则合为一也"。据《名医类案》记载，对付此患还有一个方子："取小猪儿一个，切断喉取血，令妇人顿饮之，须臾以生油一口灌妇人，遂恶心，其蜈蚣滚在血中吐出，继与雄黄细研，水调服愈。"由此可见，彼时活吞蜈蚣真的不是什么稀罕事。

既然人力斗不过怪物，那就只能寄希望于其他动物了。

比如，壁虎就是一种不错的选择。《翼駉稗编》里说，在某破庙的墙上有一只壁虎遇到了一只蜈蚣，"直前啮蜈蚣首，蜈蚣急以钳夹其头，相持不动"。第二天再看时，这两个家伙还在原地，"试拂之，则两物随手落，俱毙矣"。还有蚯蚓，《庸庵笔记》中写"一蜈蚣，盘旋蚓穴之上，蚓匿穴中，忽探首拔去蜈蚣一足。蜈蚣怒，欲入穴，而穴小不能容。正彷徨旋绕，蚓复乘间拔其一足，蜈蚣益怒而无如之何。但守穴口不肯去，蚓遂渐拔其足"。就这么过了一个时辰，蚯蚓终于给蜈蚣完成了"脱毛手术"。此时，蜈蚣已无一足，身虽未死，而不能转动，"横卧于地，如僵蚕焉"。这时蚯蚓公然出穴，缠住蜈蚣，"噬其腹而吸食之"。

2．以毒攻毒斗大蛇

除以上这些动物外，在古代笔记中最常见到的"蜈蚣天敌"，恐怕要说是蛇。而这两个家伙一旦碰上就是一场恶斗。如《箸廊琐记》里就记载过这么一场大战。有一次，作者王守毅的族弟王培坤"独游竹林"，忽见"木叶飞落，群卉齐偃"。只见一条一丈长的大蛇飞快滑过，遁入山涧的水底。紧接着，一只尺余长的蜈蚣也跳入水中，在水面上盘旋了几下，突然不见。"顷刻，黄烟坌起，泡突若沸，紫红绀绿之气，瀹满涧溪"。这之后风平浪静，"蛇尸已浮游水面，毙矣，蜈蚣竟不见其出"，估计也一命呜呼了。

蜈蚣和蛇的同归于尽，还见于《洞灵小志》。书中说有南方甲乙兄弟二人北上办事，旅途中住店时，连寻几家都遭遇客满，最后好不容易找到还剩一间空屋的，店主却不愿让他们住。在他们再三请求下，店主说，"中有怪，扃闭久矣，必欲居者，请勿睡，坐以待旦可也"。兄弟二人进了那间空屋，见室中干净无纤尘，不像是荒废已久的，便怀疑店主是故意捉弄他们，索性放下心来，取酒对酌。"饮至夜分，忽闻梁间渐渐有声"。待抬头一看，二人顿时吓得魂飞魄散，"一巨蛇蜿蜒而下，身粗如巨杯，目睒睒动"。兄弟俩正在恐惧无助、坐以待毙之时，忽然想起自己养的"宠物"——这"宠物"乃是兄弟俩幼年时逮到的两条蜈蚣，"分置竹筒中豢之，阅十余年，长尺许，倍爱惜"，他们无论走到哪里都携带着。眼看自己将要命丧蛇口，不如放它们一条生路，于是"取竹筒去其塞"。谁知蜈蚣刚从竹筒里钻出，就直扑蛇顶，"蛇即坠，绕室掀腾"，一时间吓得兄弟俩昏死过去。天亮以后二人苏醒，见蛇和那两条蜈蚣已经一起死在地上了。

大概就是利用蜈蚣与蛇不共戴天的特性，苏州浒墅关西乡地方曾经有人利用蜈蚣捕蛇。如《壶天录》记载，当地"向有巨蛇出没，左右数里之居民，每夏多染疮疽疾，皆以为蛇毒所致"。于是他们遍觅捕蛇者，最后竟然有甲、乙、丙三个乞丐应征。人们见他们拿来一个箩筐，里面装着很多蜈蚣。等发现蛇洞以后，甲迅速打开箩筐的盖子，让蜈蚣咬自己。由于毒性发作，他的身体渐渐肿胀。不过，他"运气片时，肿消"，唯有"右手食指、中指大几如股"。然后甲让乙和丙站在左右协助，自己伸出右手的食指和中指探入蛇洞。片刻，甲突然往外抽手，乙和丙各以铁钩伸进洞里，钩住蛇往外拖。等蛇被拖出来的时候，"已挺然僵毙，惟紧嗛甲指，死犹不释"。随后，乙、丙赶紧用特制的药水给甲洗指头，顷刻就没事了。至于那条蛇，"长八尺有奇，粗逾杯，斫而焚之，臭闻数里"。

3．雷击蜈蚣为夺珠

令人想不到的是，在古代笔记中还存在着一位特殊的"蜈蚣杀手",那就是"雷公"——当然,需要雷公出手的那肯定也不是一般的蜈蚣。比如清代笔记《述异记》中提到的飞蜈蚣就是一例:康熙甲辰年六月,钱塘乌山有一个农民,下雨时披蓑戴笠耕田,"忽雷电激绕其身"。一下子吓得他夺路而逃。谁知那雷电好像跟他有仇似的纠缠不休,他踉跄中丢掉了自己的蓑笠,"雷即击其蓑"。等到雨过天晴,农夫来看时,蓑笠已经烧成了灰,"中一赤蜈蚣长尺余,有两翼如蝙蝠"。据说这种飞蜈蚣能吸食龙的脑髓,所以雷公一定要劈死方休。但在《高辛砚斋杂著》中提及恰恰相反:"雷击蜈蚣一枚,长三尺余,首有穴胡桃大,或曰龙取其珠云。"也就是说,雷劈蜈蚣是龙所为,为的是取其头上的宝珠。

关于蜈蚣头顶的宝珠,在很多古代笔记中都出现过。比如,《翼駧稗编》中写的一位姓孙的孝廉,在一所"蓬蒿满径,颓缘欲倾"的破寺里栖身时,曾见"一物如十三四童子,似戏剧红孩儿状,而面目狰狞,火荧荧自腋间出,绕殿疾行数匝,拜佛,出至院中,仰首吐一丸,甚莹澈,直冲霄汉,落下,仍以口承之,复吐,蹴以足,绕身腾踔,如踢球然,鸡鸣始长啸去"。几年后,孙孝廉才得知原委。原来"寺中香火极盛,数十年前忽出怪异,僧常暴亡,寺遂废。前岁夏山中雷震死一大蜈蚣,长三丈许"。只是不明白蜈蚣精头顶的宝珠(丸),到底能有什么作用,搞得龙都要夺取之,直到我后来看到《听雨轩笔记》中的一篇文章,才找到答案。

"广西南宁府税关,在城外江畔"。在乾隆九年(1744年)的秋夜,岸上人望见关前树立的旗杆斗内,"熠熠有光,已月余矣"。这一天突降暴雨,"遥见雷火下击旗杆,而斗中有赤光上冲数尺以拒之"。二者正缠斗间，忽听如霹雳般一声巨响，"屋瓦皆震，赤光顿息矣，雨亦寻止"。守关人发现那斗内仿佛有什么东西，爬上旗杆一看，发现"其中蟠一蜈蚣，长可五尺，红黑灿然，已为雷火所毙"。守关人将它取出，挂在竹竿上，当天夜里，在城关做饭的厨子李敏外出小便时，"见蜈蚣头上有光，心知有异"，便偷来割开它的脑袋。结果竟"得一珠，大如龙眼"。然后他把蜈蚣的尸体扔进河里。

第二天人们发现蜈蚣不见了，以为它复活溜走了，便没再理会。另一边，李敏将"蜈蚣珠"放在屋里，发现夜里竟然可以当灯照亮。这天，邻居家的媳妇有事登门，可巧李敏的老婆正在把玩"蜈蚣珠"。怕邻居看见，"急纳诸口中以避之"。等客人走后，她将珠子吐出时，只感觉"遍身发热，肢体红肿，几近危殆"。后来用了雄黄和药服之，很久才痊愈。过了一段时间，李敏拿着"蜈蚣珠"去广州出售。当地有知道其用途的人说，这个珠子对付蛇毒有奇效，"人为毒蛇所啮，即以此珠熨之，恶水当泉涌而出，立之平复"。最后有个琼州的富商将其买走。这商人经常去五指山采办沉香，而五指山上毒蛇甚多，有了这枚宝珠，他就无所畏惧了。

古人所谓"龙蛇一家"。说来说去，龙夺取"蜈蚣珠"，为的还是给蛇撑腰。古代笔记中这样对"官官相护"的隐喻，真是妙不可言。

| 第一章　奇人篇 |

六、世界上真有"飞头之国"吗？

蒲松龄在《聊斋志异》的"自志"中曾有一句名言："人非化外，事或奇于断发之乡；睫在眼前，怪有过于飞头之国。"断发，指古代吴越有剪裁头发的习俗，因与"身体发肤受之父母，不敢毁伤"的孝道相违，故而被中原地区视为奇异；而"飞头之国"则说来话长……那么这种令留仙老人①当成"怪"的重要指标，并见诸很多古籍文献的诡异奇谈的真相究竟是什么呢？

1. 头飞之前：脖上会有一红痕

最早记录"飞头"的史料，出自西晋张华的《博物志》和干宝所著的《搜神记》。

实际上，《搜神记》中关于"断头"的记载甚多。比如，被鲁迅先生改编后写入《故事新编》的眉间尺复仇的故事：眉间尺为了让刺客引诱楚王走近汤镬，自断其头，"两手捧头及剑奉之"，而后楚王令煮其头，不但三天三夜都没有煮烂，而且还从汤镬中跳出来怒视楚王。还有渤海太守史良看上一个女子，那女子本来已经答应嫁给他，连聘礼都收了，却不知怎的反悔了。"良怒，杀之，断其头而归，投于灶下"。正要用火烧，那人头叹息道："没想到会是这个结果……"

---

① 蒲松龄，字留仙。

而确切记载中的"飞头",乃是出自秦朝时的一个南方"落头部落",但书中仅此一句,无其他记载。后来到了三国时期,吴国的名将朱桓有一位婢女,每天晚上睡觉后,她的头就会将耳朵当作翅膀,从狗洞或窗户间飞到外面去,直到天快亮了才回来重新"安装"在脖颈上。旁边一起睡觉的婢女们发现后,觉得恐怖而诡异,便点亮烛火,结果发现躺在床上的无头身躯微微发冷。从上身的起伏,可见呼吸也非常微弱。婢女们不寒而栗,就用被子将其蒙上,等到天快亮时,飞头归来。由于被子阻隔而不能"归颈",急得一阵乱飞,最后只能掉到地上,"嘬咤甚愁,体气甚急,状若将死"。婢女们连忙将被子掀开,那"飞头"才重新与断颈重合,整个人也恢复原状,起得身来该干啥干啥。听说此事的朱桓却害怕了,"以为大怪,畏不敢畜,乃放遣之"。后来大家才知道这婢女是落头部落的,飞头乃是习俗。而且当时吴国很多南征的将领都会不经意间俘获或者得到这种飞头之人,如果在其头飞走后,用铜盘覆在脖颈上,"头不得进,遂死"。

《搜神记》里还有一则也是记述飞头之事,但需要细读才能发现:"吴成将邓喜,杀猪祠神,治毕悬之,忽见一人头,往食肉。喜引弓射,中之,咋咋作声,绕屋三日。"既然猪肉悬之,则吃肉之头颅必是飞之。邓喜箭射人头后,有人密告他要谋反,结果导致满门抄斩。

此后,关于"飞头"最有名的记载,便是出自唐代段成式的《酉阳杂俎》:"岭南溪洞中,往往有飞头者,故有'飞头獠子'之号。"这种人的头颅将要飞离身体的前一天,都会有一个特殊的征兆,那就是颈部会产生淡淡的一圈痕迹,"项如红缕"。有个飞头者的老婆发现了这个规律,每当看到丈夫的颈部浮起红痕的时候,就索性不睡觉了,只是坐在旁边守着。到了夜深之时，丈夫的头上突然生出双翼，脱离身体而去，守在旁边的妻子也是无可奈何。那头颅飞到河岸边，"寻蟹蚓之类食"。直到凌晨才飞回家中，重新安于断颈之上，睡醒后还拍拍肚子说吃饱了……这一记载被宋代所修《新唐书》收录，并简化为："有飞头獠者，头欲飞，周项有痕如缕，妻子共守之。及夜如病，头忽亡，比旦还。"还有一种"解形之民"更加厉害，"能使头飞南海，左手飞东海，右手飞西泽"，但也有出意外的时候，"至暮，头还肩上，两手遇疾风，飘于海水外"——不知道"失手"这个词，是不是就是这么得来的。

2. 头飞之谬：无辜女子被误杀

明代藏书家郎瑛在笔记《七修类稿》中记载，元代诗人陈孚曾任礼部郎中，元至元二十九年（1292年）以五品副使的身份出使安南（今越南），写过一首非常古怪的诗，其中有"鼻饮如瓴甋，头飞似辘轳"之语。郎瑛认为，诗中是说当地有一种奇人，能用鼻子喝水；到了夜里，头可以脱离身体，飞到海中吃鱼，直到天亮了才复归身体。而且博闻强记的郎瑛还援引《嬴虫集》中的记载，称老挝有人可以"鼻饮水浆，头飞食鱼"。后来郎瑛看到《星槎胜览》一书（明代费信著，记载他跟随郑和下西洋的所见所闻），发现其中有类似记载，"占城国人有头飞者，乃妇人也，夜飞食人粪尖"，如果盖住头和颈之间的"断点"，无法复原，则会死亡。郎瑛考据"占城正接安南之南，而老挝正接安南西北，信陈诗之不诬也"。

从"寻蟹蚓之类食之"到"头飞食鱼"还好理解，而吃人的粪尖绝对是匪夷所思。可偏偏以通事（翻译）的身份跟郑和一起下西洋的马欢也在《瀛涯胜览》中有几乎一样的记载，只不过他将"飞头蛮"改成了"尸头蛮"，而且将其性别固定为女性。马欢告诉大家，这些女性的眼睛没有瞳仁，一到晚上睡觉时头就会脱离身体而去，专门吃小孩子的粪便。如果小孩子正好睡在附近，腹部被妖气所侵，必将死亡或惊吓而死。"飞头回合其体，则如旧"。对付这种飞头蛮，唯一的办法就是当其头身相断时，将身体挪开、覆盖或隐藏，这样"回，不能合则死"。当地法律还规定，如果家中有这样的妇女不报官，将"罪及一家"。可见当地人对飞头蛮的恐惧。

事实上对于"飞头蛮"的恐惧还曾经导致严重的刑事案件，如许仲元在《三异笔谈》中便讲过发生在云南一个村落里的事情：有一天，这个一向生活平静的村子突然有三四个年幼的孩子死亡。孩子们的父母悲痛欲绝，聚在一起，一番商讨后认为："此必尸头蛮为祟！"大家找了读书先生查阅资料后，发现尸头蛮的重要特点是"眼无瞳"，于是对号入座，发现某户人家新娶的媳妇"眼多白"。所有人不禁疑心大起，认为她就是尸头蛮，如果不赶紧将她杀死，恐怕"一村无幼孩矣"。于是孩子的父母动用宗族的力量，强迫那女人的丈夫将其活埋。不久，女人的娘家知道了，马上报官，审讯后官府也哭笑不得，只能"以角口斗殴结也"。

无论怎样，"飞头"都是一种恐怖且反常的现象，所以在古代被认为是绝对的不祥之兆。李庆辰的《醉茶志怪》中有一则故事便是讲的这样的现象：有个名叫刘雨汀的人到河南旅行，住在朋友家中。"暑夜乘凉，坐庭中，对月啜茗"。忽然从天上掉下一物，正砸在庭院中的条几上,"视之,新割头颅也"。刘玉汀大喊他的仆人,仆人还没来,却"又从空飞坠数级,势如急雹,左右上下触人"。面对这"飞头雨",刘雨汀吓得魂飞魄散,急忙躲进屋里,紧锁门窗。此后,就听见飞落的头颅撞击墙窗的声音"砰砰作响,一夜不休"。第二天早上,只见窗户上血迹斑斑,前一晚疾风骤雨般飞落的头颅却消失得无影无踪,刘雨汀觉得这是凶兆。没多久,襄阳突然遭遇盗匪,朋友阖家遇难,刘雨汀则孑然一身,漂泊江湖,不知所终。

3．头飞之解：有头无头皆亦佳

有趣的是,"飞头"的传说到清代还出现了一个"变种"。即原本能脱体而飞的头颅,这时忽然若即若离起来。如王椷在《秋灯丛话》中写过一事：北京宛平城内有一个姓张的人,有一天去天津探望一位朋友,路上巧遇一个姓白的棋友。白某问他去哪里,他如实相告。白某说：我也要去找那位朋友,咱们同行吧。遂偕行。等到了那位朋友家,朋友见到张某自是高兴,但见到白某大吃一惊：我听说你前不久病逝了啊,怎么你还在世啊？白某却只唯唯,不多分辩。当晚,"友设酒馔款之"。等到吃饱喝足,大家便在同一间卧室里抵足而眠。"将三鼓,张辗转不成寐",他见茶几上残灯未灭,便起身准备熄之。他刚刚掀起床上的帷帐,忽然看见极其恐怖的一幕：本来躺在枕上的白某忽然坐起身来。只见他的脖颈往前一探,越伸越长,头颅伸出帷帐外面丈余长,一直到了案几前把灯吹熄了,"下体犹兀坐床榻"。李某被吓得大喊大叫起来。听到喊声的家丁们一拥而入,再看床上竟已无白某的踪迹,主人连忙差遣下人去白某家打听怎么回事，这才得到消息，白某"下世已月余矣"。

这一"变种"对日本的妖怪文化是否构成了影响，我们不得而知。但可以肯定的一点是，在日本的江户时代，曾经有过大量关于"辘轳首"的记述，且多少都与中国史料上"飞头蛮"记述相关。其中的代表作是石川鸿斋在《夜窗鬼谈》中的一篇，故事讲江户本石街有一家有钱人，家有一女，"妖娆丽妍，不妆而白"，只是看上去脖颈有些长，但这反而使她更显妩媚。市中少年对她的姿色很是仰慕，"闻其履声，争出见之"。不知是不是酸葡萄心理作怪，这些少年私下里竟然给她取了个"辘轳首"的外号。"盖辘轳，井上转器也，谓其头如瓶从绠[①]上下。汉土谓之'飞头蛮'。或云：昼间如常，熟睡则延长数尺，逾梁出牖而不自知也。"这女孩耻于得了这样一个外号，"不敢出户，懊恼欲死"。偏偏有个富商的儿子喜其美貌，愿意入赘。新婚之夜，"宴罢客散，俱就床"。半夜，新郎睡醒，"剔灯熟视妇颜，鬓毛垂颊，微汗生香"，不禁觉得有妻如此，人生无憾。正凝眸间，突然见妻子的脖子"延二三寸，既而五六尺，旋转良久，止于屏上，皓齿粲然，见婿一笑"。见状，新郎一声惨叫昏了过去。随后，新娘也被惊醒了，头缩回原位。见丈夫不省人事，"乃呼药救解，少间得苏"。大家围在新郎身边问他到底出了什么事，新郎浑身战栗却不发一语，第二天一早就离家出走，再也没有回来。

"飞头"也好，"辘轳首"也罢，很明显都脱离了我们对现实世界

---

① 绠即汲水的井绳。

的理解。对此，古今学者也从各个角度做出了比较合理的解释。比如我们常听到的"民俗说"：泰国北部与缅甸边界的少数民族喀伦族的一支巴东族，自古确以脖子长为美，他们的孩子从很小的时候起就在脖子上套铜圈，一年套一个拉长脖子。据记载，最长颈者，脖子可达70厘米。这在中原人士看来乃是异状，很可能就是"飞头"乃至"辘轳首"的来源。而且从地理位置上，也与费信和马欢在游记中记述的"头飞者"所在之地相近。还有"梦游说"：即"飞头"乃是梦游的表现，某个人睡着后，梦游去了其他地方，然后返家，醒来后似乎对夜游有所印象，但又坚持认为自己的身体一直睡在屋里，这种灵魂与肉体在夜深人静时相脱离的状态，很容易让人联想到：头脱离身体"单飞"了。如《醉茶志怪》中将"飞头"归纳为"狐鬼之幻术"，虽不确切，却也道明了部分真相，那就是这一说法只是意识中的"虚"，绝非头颈相离的"实"。

不过，对于古代笔记中的奇闻诡事的所有"解释"，归根结底只是一种猜想，并无正确或唯一的答案。其实哪怕没有任何解答也无所谓，毕竟志怪传奇的最大功用不是史料的佐证，而是满足人们对超现实世界的幻想与好奇心。如果你非要跟这类亚文化较真，以"不科学"或"不高雅"轻视之甚至排斥之，实在器若斗筲且大煞风景。《搜神记》中曾记豫章太守贾雍有神术，出去剿匪被贼人砍了脑袋，照样上马回营，然后用腹语问一班部下："诸君视有头佳乎？无头佳乎？"大家都痛哭流涕地说："有头佳。"只有贾雍说："不然，无头亦佳！"

七、天降血雨与"妖人王臣案"

回想 2017 年,那年的北京雨下得很少。正因其少,也格外思念下雨的时节。当时随手翻开清代笔记《坚瓠续集》以消暑,恰好看到这么一段文字:"雨金、雨粟、雨稻、雨米、雨麦、雨黑黍、雨红豆、雨鱼、雨枣、雨灰、雨尘、雨沙、雨土、雨毛、雨血,史书所载。异矣!"[①] 现代科学基本上已经证明,所谓的粮食雨、银子雨什么的大都是龙卷风导致的,尤其是"雨鱼",在古代非常多见。如《汉书》鸿嘉四年(前17 年),雨鱼于信都,长五寸;《唐书》元和十四年(1819 年)二月昼,有鱼陨于郓州;《述异记》,雍州雨鱼,长八寸许;《庚申外史》至正二十五年(1365 年)六月,大都雨鱼,长尺许,人皆取食之;明嘉靖四十一年(1562 年)三月二十三日,山东德州雨鱼三日……[②] 古人对此,其实也有正确的认识:"楚王府后有长春寺,绕以澄湖,湖与外河通,寺前莲台忽龙起,莲叶间雨如倾,鱼皆乘水上升,从云中散落,百里内家家获鱼。"[③] 这一段文字很有科学依据,因为其对龙卷风导致的"雨鱼"现象说得具体而生动。

至于雨尘、雨沙、雨土,搁到今天都可以归结为一个词——沙尘暴,不过"血雨"嘛,这个就要好好说道说道了!

---

① 原文引自《坚瓠集》卷六。——编者注
② 同上。
③ 同上。

1．"沾衣履尽作血色"

从古到今，中国人对上天一直抱有至诚的敬畏。无论"天人合一"，还是"天象示警"，都包含着通过天道来预测和矫正人道之意。如果说流星雨、日食、火星跑到北极星边上等天文事件，都能让钦天监紧张不已，那么一场突如其来的"血雨"无疑更会让人感到恐怖和不祥。

《古本竹书纪年·五帝纪》中有这样的记载："三苗将亡，天雨血，夏有冰，地坼及泉，青龙生于庙，日夜出，昼日不出。"意思是下血雨是三苗将亡的征兆。而《夜航船》中亦有"元顺帝二年正月朔，雨血于汴梁，着衣皆赤"[①]的记载。由于这一段记载没头没尾，若是不了解历史的人看了，恐怕不明就里。事实上，元顺帝正是被明军攻破大都、退出中原的"亡国之君"。所以，这场血雨也可以看作上天对刚刚登上帝位的他的某种警告。

对于血雨的启示作用，《万历野获编》说得清楚明白："北地冬春间，每遇天际昏暗，日瞳瞳无光，谓之红沙天。"意思是如果出现这种红沙天，那就预示着边陲必有大战，而且会有"败军陷将之事"。

《万历野获编》的作者沈德符以"萨尔浒之战"期间的一段轶事举例。明万历四十七年（1619年），明朝与后金在辽东的萨尔浒展开战略决战，没想到明军最高统帅杨镐轻浮且无能。万历皇帝任命他之后，他便上了一道奏折。在奏折中他竟把自己的作战方略写了个清清楚楚、

---

① 《夜航船》并未记年号。据《元史·本纪》第三十八原文："元统二年（1334年）春正月庚寅朔，雨血于汴梁，着衣皆赤"。

明明白白——"四路出师……某人率大兵若干，从某路出云云"，而且还自我吹嘘说要"成师而出，尽贼而还"。当时后金派出大量探子，对明朝构成了搜集效率奇高的情报网，因此杨镐的奏折很快就摆到了努尔哈赤面前，所以"盖兵未授甲，而敌已尽知其情，严备久矣"！

这一天，家住京城的沈德符被好友马时良邀去家中饮酒。沈德符出发的时间是"未申间"（下午三四点钟）。走到半路，突然下起雨来。恐怖的是，那雨点"沾衣履尽作血色"！沈德符一口气跑到马时良的家中，见沈满身血点，两个人一时间都不知所措。正惊讶间，天色突然黑了下来，彼此都看不清对方的面孔，马时良赶紧吩咐掌灯。这时，外面的大街上嘈乱起来，坊巷里的地痞无赖，也趁着突然降临的黑暗，开始抢掠行人和店家的衣食财物，吓得男女老少惊叫奔逃，地上只剩一片狼藉。

"凡十余刻，天渐明朗"，马时良让仆人灭掉烛火，这才摆上酒菜，跟沈德符边吃边聊这古怪的血雨，但终不明就里。

"不五日而丧败报至。"萨尔浒之战以明军的惨败和后金军的全胜而告终：主帅杨镐扬扬得意的"四路出师"，在努尔哈赤"凭尔几路来，我只一路去"这一集中兵力逐路击破的作战方针打击下，逐一被歼灭或溃逃。随即，杨镐被下狱，并于崇祯二年（1629年）遭处决。沈德符一算，那一场突如其来的京城血雨，"正辽左出师之日也"，成了兵败萨尔浒的先兆。

2．"遍以狗血涂之"

除了上面提到的兵、凶、战、危这四种征兆之外，血雨往往还是某

| 第一章　奇人篇 |

一案件中有大批犯人被正法的征兆。

在明代学者王锜所著笔记《寓圃杂记》和明代著名作家余象斗所著《皇明诸司公案》中[①]，分别详细地记录了明成化年间轰动一时的大案"妖人王臣案"。

王臣，自幼为南京某公侯府家人，"工于邪术，白日书符咒水，能盗人什物"。据说他有一个木头箱子，"中有二木人，长尺余，能自相抵触坐作，进退听其指挥"。此外，他还擅长表演一种魔术，即将他人之物扔到水里，过一会儿再从自己的袖子里拿出，每次表演后，都会引起围观者一片惊呼——这种人基本上就跟耍蛇的大师王林一路货色。但是，王臣又非常好色，凡是他看上的女人，就用法术迷奸之，不知残害了多少良家妇女。

不久，受害者联合起来告到县里。张知县痛恨王臣以邪术害民，拍案而起："左道不除，终为乱化！"旋即把王臣拿至县堂，"酷加捶鞭，以至折伤足胫"。张知县本来要判处王臣死刑，谁知张知县突然被钦取进京，升为巡城御史。王臣这才趁着官员交接的间隙，用钱贿赂新任知县，捡回一条命。但从此走路就一瘸一拐的，多了个"王瘸子"的外号。

王臣凭着几手杂耍本事，到处宣扬自己是得道真神，结果还真有人信。信的这人名叫王敬，是明宪宗宠信的宦官，王敬"闻王臣有妖术，即唤至门下，喜其同姓，置之左右，以便所私"。不久之后，王敬还向朱见深推荐王臣。朱见深生于深宫之中、长于妇人之手，没见过什么世面，一看王臣的魔术，觉得十分奇妙，"即命为锦衣卫千户，同王敬奉

[①] 在《寄园寄所寄》《五杂俎》等书中亦有记载，仅些许文字不同。——编者注

旨采药于湖湘、江浙、苏松等处"。

说是采药，其实就是搜刮民财。"采药所到一处，博天子威灵，仗一人荣宠，纵肆横暴，凌轹外官，索属省奇珍贵物，官民悉力奉承，甚受其害。及至苏州，又命工人熔银为元宝，至二千余锭，以充私箧。凡江南奇玩精绝之物，遭二人检括殆尽"——《寓圃杂记》的记载比较详细，书中告诉我们，所谓的"江南奇玩精绝之物"具体包括书画、器玩、道释像典等。

由于是朝廷派来的钦差，再怎么搜刮，老百姓也是敢怒不敢言。偏偏南京兵部尚书兼右副都御史王恕是个天不怕地不怕的正直官员。他听说了王敬和王臣一路上的斑斑劣迹，十分生气："这两个孽宦、妖囚，圣上命汝二人本为采药而来，非征求而至，如何辄敢假公济私，方命虐民如此？若不奏除，则荼毒无已，民心必至激变。"于是，他先将两人抓进大牢，然后再上奏宪宗，说明缘由。偏巧那个已经被升为巡城御史的张知县听说了这件事，也是痛恨至极，便对幕僚说：我过去当县令时，就知道王臣是个奸盗百端的恶棍，没想到我升职来京，让他逃过死刑，这回断不能饶他！"仍将以前所犯过恶，逐一开写，奏上一本。"宪宗见自己派出的使臣，不仅荼毒地方，还败坏自己名声，十分恼火。"即时颁下圣旨，差锦衣卫校尉，带三般法典，径至苏湖"，将王敬和王臣及其随从的一班流氓无赖，上了囚械，索拿进京。

这中间还有个小细节。据《寓圃杂记》所记：抓捕王臣时，为了防止他在被捕后使用妖术脱逃，锦衣卫先是扒光了他的衣服，然后"遍以狗血涂之，复囊以狗皮以破其术"。当天，正好是大暑。这么一折腾，王臣可遭老罪了，押解到京后第三天，就被斩首示众。

那么，王臣和血雨的关系呢？别急，请您往下看。

3."见船中凝血斗余"

明末学者张怡在《玉光剑气集》中记载：成化十三年（1477年），浙江按察使侣钟向朝廷汇报了一件奇事。绍兴山阴县县民杨广与他的佣工夏全驾着一条小船去找自己的好友夏珪喝酒。恰巧夏珪不在家，杨广就在门口站着等待。这时，突然下起一阵疾雨，像万千利箭一般，"射着全脚及门壁"。杨广有些吃惊，因为天上既无乌云也无大风，何以突下大雨呢？等他定睛细看之时，不禁毛骨悚然！因为那些雨点竟全都是鲜血！血雨之大，瞬间在台阶下积累了约尺把高的血泊！

杨广吓得魂飞魄散，也不敢再等夏珪了，跳上船便催促夏全赶紧开船！可是那血雨仿佛是跟他有仇似的，追着他下。坐在船里的杨广没有办法，只好"以蓑笠置船上"。即便如此也被血雨打湿，"亦有红色如血"。杨广逃回家中，直到第二天早晨才惊魂甫定，壮着胆子到船上去看，"见船中凝血斗余"。

在张怡的眼中，这阵突如其来的妖雨，恰是王臣及其同党伏诛的征兆。"是后妖人王臣依附貂珰，所至骚扰，诸以左道进者，如李孜省、继晓、梁芳之徒，滥窃宠幸。已而，王臣枭市，孜省等相继伏诛，盖其应也。"

在《玉光剑气集》里，还记载过一桩和血雨有关的事情。嘉靖年间，浙江慈溪灌浦一地有户姓郑的人家。一个人早晨起床，在室内徘徊，忽然觉得房顶漏雨了，一滴滴打在皮肤上，连忙点起油灯查看，发现竟是

"血也"！鲜红的血滴将他的衣服染成了红色，而墙壁也像在血泊中泡过一样遍布红色。他又惊又怕，夺门而出，然后看到了更加恐怖的景象：茫茫四野已经被血雨笼罩……

"未几，有倭奴陷县之变"——原来这一番血雨乃是倭寇攻破县城大肆杀掠的征兆啊！

不过从科学的角度讲，血雨其实是一种可以解释的自然现象。就像前面《万历野获编》中所言，很多血雨仅仅是"红沙天"，也就是由褐色沙砾和尘埃为主体的沙尘暴。还有一些是风暴卷起的受伤动物流出的血。此前据媒体报道：西班牙萨莫拉地区下过一场很大的血雨，研究人员将血雨样本进行检测后，发现了雨生红球藻颗粒，这种绿色的淡水藻类在面对化学应力的时候会变成红色。总而言之，血雨并不是什么征兆，就像所有的"天象示警"一样，都是彻彻底底的穿凿附会之言，不过，倘若仰起头时心怀忐忑，低下头时心存善念，也未尝不是一件好事啊。

第二章　神怪篇

一、《子不语》中诡异至极的"种螃蟹"

几番秋雨,秋意渐浓。每年深秋的这个时候,就到了朋友圈秀餐桌上的螃蟹的时节。今天,我们就来说说那些载入古代笔记中的、不但不能入口而且触之恐有性命之虞的"诡异螃蟹"。

1. 误吃"判官"惹大祸

若说起在古代笔记中吃出祸患的"诡异螃蟹",最有名者当属南宋大学者洪迈在《夷坚志》中记载的"西湖判官"。

宋光宗绍熙三年(1192年)二月六日的五更时分,侍卫步司右军第三队将官狄训练率领一众兵将来到临安城的前湖门外。他们当天的任务是在等待城门开启后,进城领兵饷。当时,狄训练坐在一张胡床(即马扎)上,忽然觉得有个尖锐的东西扎到了脚,赶紧叫人举着火烛照亮,发现"一巨蟹,长三尺,形模怪丑"。看到如此巨大而丑陋的螃蟹,其他兵将都惊惧不安。唯独狄训练胆子大,又一贯爱吃野味,便让步卒将其捆扎好送到家中烹食。

待步卒们抬着巨蟹走远,狄训练看看天色依旧昏暗,便又坐回胡床睡觉。梦中他见到一个人,"长髯须,颜貌古恶,着淡绿袍,软幞黑靴,系乌犀带"。此人持着手板向他作揖道:"我乃是西湖判官,有公务在身而于五更天外出。被你捉到,估计难免遭到鼎烹之害。希望你赶紧派人回家,不要杀我,定当给你厚报。如果晚了,导致我丧命,恐怕会连累你全家遭殃。"狄训练醒来时,正在犹豫该不该相信梦中之语时,恰逢前湖门开了,他便只好先带领将士们入城领取军饷。等把这些事情办完了,他才匆忙骑马赶回家。待进门方知,那只巨蟹已经被五个儿子烹煮后分食,"诧其甘鲜",现在剩了一点儿留给父母。狄训练想到梦中之事,赶紧叮嘱妻子不要吃,没过多久,"五子相继病死,唯狄与妻存"。

《夷坚志》中还有这样一则笔记:"洪庆善从叔母,好食蟹。"这一天她正在吃螃蟹,突然看到原本放在几案上的几只活螃蟹逃走了,遂赶紧叫婢女过来把这些螃蟹收走。不料,有一只活蟹竟混在熟蟹之中,这位叔母没有注意到。待她"复取食,为一螯钤其颊,尽力不可取,颊为之穿"。从此以后她再也不敢吃螃蟹了。

以上两则笔记写的都是"食蟹之报",明显可以看出古代人写故事的套路是,凡事讲报应者,归根结底都是因为某种事物或做法可能带来祸患,而人们又往往不加留意,所以作者编出故事"吓唬"、规劝大家。因此就本质而言,"食蟹报"的笔记,是因为古代吃螃蟹而中毒的情况比较多见造成的。目前的科学研究已经证实,很多非人工养殖的螃蟹,一生吃了大量的野生贝类和藻类,都会造成体内毒素的堆积。人们再食用之,就会出现腹泻、呕吐、头晕、休克等症状,甚至导致死亡。而死螃蟹的毒性更大,因为螃蟹死后,体内的组氨酸会加速分解,变成有害物质,即便是高温加热也无法去除毒性。

2. 螃蟹貌似关二爷

河蟹和湖蟹固然有毒,而海蟹的毒性也许更强些,尤其是那些色泽、模样怪异罕见的。如西晋笔记《古今注》里提到过一种名叫"蟛蜞"的小蟹。该蟹"生海边泥中，食土，一名'长卿'。其一有螯偏大者名'拥剑'；一名'执火'，其螯赤，故谓之执火云"。清代笔记《亦复如是》中也记载了"拥剑"和"执火"："海中蟹有绿者，色如翡翠，肉亦可食，但不肥耳。有红者质甚小，一螯极大，红如硃，一螯极小；或左大右小，或右大左小，亦无定形。每以大螯障面，以小螯拾泥而食。海边潮水处最多，见人即遁入穴内，其行甚疾。有白色者亦如之，皆不可食。"而东汉大文学家蔡邕曾经误食了蟛蜞，结果"吐下、委顿"——显然是食物中毒。还有一种"虎头蟹"，"色黄黑，质亦小，背上有二圆眼，白眶黑睛，俨然虎面"，因而得名，但亦"有毒不可食"。

不过要说起模样古怪，那稳坐第一把交椅的一定是民国学者孙玉声在《退醒庐笔记》中提及的"关帝蟹"。光绪年间，他的亲家郎孟松曾到台州办理矿务，"道经仙居县之东北六七里"处，看到当地的水滨处有一种非常特殊的螃蟹。从表面上看，这种螃蟹"八足二螯，与常蟹无异"，但它的壳是殷红色的，"壳上有长髯飘拂之，人面其状"，看起来很像京剧扮相中的关老爷，因此当地人以"关帝蟹"命名之。这种螃蟹本来数量就少，在水中又出没无常，捕捉不易，所以价格非常昂贵。不过，郎孟松还是想方设法弄到了一只。一路上他都把螃蟹放在罐子里，用山泉水蓄之。本来是想将它带回上海让亲戚朋友们开开眼，谁想被一位外国人中途买走，估计是想再捕一只却不可复得了。

不过，笔者在《清稗类钞》中看到过一种名为"虎蟳"的螃蟹。这种螃蟹产自闽中，"其壳类人家门户所绘之虎头，色殷红斑驳，有镶为酒器者，肉粗味劣，通州①、如皋亦有，俗称'关公蟹'"。考虑到台州古时亦属闽中郡，难免令人觉得郎孟松少见多怪。

3．山魈与人争蟹吃

虽然有些螃蟹有毒，但以其味道实在鲜美，所以古人亦如同"拼死吃河豚"一般，对螃蟹绝不忍弃之。如东晋大诗人陶渊明在《搜神后记》中的一则笔记，就从侧面说明舍命吃螃蟹者不仅仅是人，也包括妖怪："宋元嘉初，富阳人姓王，于穷渎中作蟹断。"这句话的意思是南朝刘宋元嘉年间，有个姓王的富阳人，在沟渠的尽头放上了捕蟹用的工具。今人考证，所谓"蟹断"就是用竹子编成的一种竹篱或竹帘，也叫"蟹簖"。明代诗人高启云曾写道："出簖来深浦，随灯聚远洲。"即指此物。这种工具直到民国时期，还有渔民在使用。如《宝山县续志》中就有记载："编竹为篱，横置于河中，篱之一端置一方形口器，其名曰簖。簖开方洞，有门上下活动如闸然，置避风之灯火，蟹见灯火则上篱而趋入簖中，渔者即可乘机将门闸上，逐一捕捉，如遇蟹阵，每夜能获数十斤。"

王某傍晚安置了蟹断，等第二天早晨去看，发现有一个长二尺许的木头在蟹断里。而蟹断生生裂开，导致所有被捉到的螃蟹都跑掉了。王某没办法，只得把那块木头扔到岸上，然后又修好了蟹断，重新布置。"明往视之，材复在断中，断败如前"。王某很生气，再次把那块木头

---

① 指今南通。

扔掉后修复了蟹簖,谁知"明晨视,所见如初"。这下他终于感到不对劲了,一块两尺长的木头怎么会自己长腿钻进蟹簖里?它定然是个妖异之物,且它跟蟹簖屡遭破坏绝脱不了干系!于是他将木头放在蟹笼里,担着往家走,一边走一边气愤地说:"看我回家不用斧头把你砍劈成柴烧了!"

走到离家还有二三里的地方,王某忽然听见蟹笼里传来扑簌簌的响动。回头看时,却见那块木头已然变成一个"人面猴身,一身一足"的怪物。这时,那怪物开口说话:"我是山神,因为实在是特别喜欢吃螃蟹,所以前两天才连续破坏你的蟹簖,吃掉你捉住的螃蟹。希望你能原谅,打开笼子放掉我,我会暗中相助你捉到大螃蟹。"王某说:"你接二连三地祸害我,绝不可饶恕!"那怪物再三哀求,苦请乞放,但王某就是不答应。万般无奈之下,那怪物便频频问王某姓名,王某干脆不再理它。眼看快要进家门了,那怪物绝望地说:"既不放我,又不告我姓名,看来我这回非死不可了……"到家以后,王某"炽火焚之,后寂然无复声"。后来有人说那贪吃螃蟹的怪物其实就是山魈,如果让它知道了人的姓名,就能伤害其人,"所以勤勤问王,欲害人自免"。

既然螃蟹有如此大的诱惑,引得凡人与山魈皆为之一搏,那么何不人工养殖,既丰收又安全呢?事实上,大面积的人工养殖螃蟹是最近几十年才有的事情,古人吃螃蟹反而都喜欢吃野生的。但要说起古人"人工养蟹"的想法,其实清代就已有之。如在清代文学家袁枚所撰之《子不语》中,有段奇异的记载:"盛京将军某,驻扎关东地方。"此地不产鳖蟹,将军却经常能吃到,便有人向他讨教去哪里捕得。将军笑着说:"此非土产,乃予以人力种之。法用赤苋捣烂,以生鳖甲剁细碎,和青泥包裹为丸，置日中晒干，投活水溪畔。七日后，俟出小鳖，取置池塘中养之。螃蟹亦如此做法。"虽然满纸怪力乱神的《子不语》可信度不高，但从这则笔记不难感受到，古人对吃蟹这件事，真的是如李渔所言："在我则为饮食中之痴情，在彼则为天地间之怪物矣！"

二、黑色猿猴：招福还是招祸？

如果你仔细看就会发现，清代地方官府的木头槛柱上，往往会雕刻狮象的图案以显示威严。但也偶有例外，如清代学者曾衍东在笔记《小豆棚》中记录，潮州刺史署与众不同，居然雕刻的是猴子！这里面的缘由何在？

在讲述这个故事之前，读者不妨跟随笔者，先了解一下老北京的"黑猴传说"。然后再引申到潮州的黑猴，看看它们有什么异同。

1. "黑猴儿帽店"的传奇

近来，我翻阅一本老北京民间故事集，看到了一篇关于"黑猴儿"的故事。但这个故事篇幅极长，情节曲折，各种反转，絮絮叨叨。很像是现在的很多网剧，把好端端一个故事改造成"加强版"，中间非要掺杂大量的男欢女爱、荒诞不经的传说等，反倒失去了原著的味道。所以我就不给大家说了。不过，就我所看过的"黑猴儿"故事，迄今为止还是北京史学家、民俗学家王永斌先生在几本书里讲述得通透明白。

王永斌先生生于1924年，幼时上过私塾，后来也接受过新式学堂的教育。1937年北平沦陷后，他曾在大栅栏的精明眼镜店做学徒，对老北京的商业民俗和商业文化有亲身体验，故而出版了不少专著。我过去读过他的《话说前门》《北京的商业街和老字号》《北京大栅栏》等书，多次看到他讲"黑猴儿"的故事，印象颇为深刻。

说起黑猴儿，先要说鲜鱼口。老北京的鲜鱼口西起前门大街，东到南晓顺胡同和北晓顺胡同之间的街口。因为跟大栅栏相对，这里买卖人很多、客流量很大，是相当繁华的地界儿。常听人说"头戴马聚源，脚踩内联升"，其中马聚源帽店就在里边。另外还有两家卖毡帽的，店门口都摆着一个约一米高的方凳，上面坐着一个楠木雕刻、外涂大漆、火眼金睛的黑猴，猴子的双手捧着个金元宝——为啥两家毡帽店用同一个"吉祥物"？这里面可就有故事了。

相传有个名叫杨小泉的猎户，打猎时打死了一只黑色的猴子，因此便把猴子皮剥了去卖。街市上有识货的人告诉他，这不是普通的猴子，而是一种名叫"黑猱"的异兽。正所谓"十鹰出一鹞，百虎出一豹，千鲤出一跳，万猴出一猱"！于是，小猎户把这张皮卖了个好价钱，然后又来到北京开了家毡帽店。因他善于经营，就此生意越做越大。

传说毕竟是传说，真实情况比传说更加有人情味：杨小泉确有其人，而且他的毡帽店开业于明朝末年。估计为了招揽生意，杨小泉在店里养了一只红眼睛的黑毛猴。这只猴子很通人性，除了陪着主人消遣娱乐之外，偶尔还能帮着从柜台里拿个东西什么的。所以，无论同行还是顾客，都管杨小泉的毡帽店叫"黑猴儿帽店"。

杨小泉做的毡帽料实工精，价钱公道，买卖很是兴旺。后来他去世没多久，黑毛猴就病死了。后人为了纪念，便请木匠做了个木制黑猴放在店门前。

过了些年，有个名叫田老泉的人，在杨小泉店的旁边也开了个毡帽店。他学杨小泉店的招牌，也在门前弄了张高方凳，摆了个木制黑猴。从此两家店开始竞争，商战不断……新中国成立后，鲜鱼口街的几家帽店合并，两个木制黑猴，一个下落不明，一个成了首都博物馆的藏品。

前门大栅栏，虽是巴掌大的一块地方，但因位置特殊和六百年的历史际遇，留下的典故传奇，恐怕三天三夜也讲不完。而黑猴的故事只是其中之一。猴子能像招财猫一样成为两家店争抢的"吉祥物"，说明在古人的心中，猴子通灵、聪慧，寓意着富贵和兴旺——不过对于封建时代的官员们而言，可就未必了。

2．黑猿真的能预测官运吗？

清代笔记《檐曝杂记》中曾记载过这样一件奇事，"镇安府署东北有独秀山，高百丈"，山坡上有一个深不可测的洞，该洞从来没有人敢进去。因为里面住着一只黑猿，"不轻出，出则不利于太守"。对于这么一只"克官"的黑猿，历任地方官当然是烧香磕头求它不要出现。

清乾隆三十一年（1766年），《檐曝杂记》的作者赵翼从翰林院编修调任镇安府（今广西德保县）知府期间因为一件事情遭到弹劾，为此上级官员下令让他马上赶赴省城。赵翼正在忐忑不安之际，忽然独秀山上的那个山洞里，钻出了一只黑猿来。

这下可轰动了镇安府，"满城人皆谓太守当以此事罢官矣"。唯有一个老头儿看那黑猿在山坡上蹿来跳去，捻着胡须对众人说道：过去那黑猿出来，多是从上面向下俯视，所以那些官员才"覆"。而今天这黑猿出来没有往山下看一眼，反而是仰头看着山上，恐怕反倒是向上升迁的预兆啊。"

大伙儿将信将疑。而这时偏偏有个不晓事的天保县令，在其他地方捉了一只黑猿来，作为"稀罕物"送给赵翼，赵翼哭笑不得地收下，并"系于槛"。那时，有个看门人欺负它。两者"相距尚七八尺，忽其右臂引而长，遂捉门子之衣，几为所裂……即所谓通臂猿也"。随后，这只黑猿"终日默坐，与之食不顾，数日遂饿死"——这回总不能说还是个吉兆了吧。当赵翼垂头丧气地到了省城后，才知道是乾隆皇帝下旨让他赶紧去云南，与当地官员筹划与缅甸的战事，压根儿就没理弹劾的茬儿。

假如给这则笔记提炼个"中心思想"，恐怕是"用事实说明了猿猴就是猿猴，不对任何穿凿附会的预测负责"。

既然出现黑色的猿猴对主政官员不利，是不是清代的官府就对任何猴子都敬而远之呢？非也！在潮州刺史署的门口，就偏偏用猴子作为装饰。如果你详细访问便可知，这后面藏着一个悲怆而感人的故事。

清乾隆年间，在潮州地面上有个乞丐，在当地颇为"知名"。这倒不是他有什么奇功异术，而是他养了一只猴子，"教以傀儡铃索"。每逢赶集，乞丐就带它表演各种马戏，换来围观者的一片掌声和几个铜板。而乞丐对猴子也非常好，朝夕相处的很多年来，"食则与猴共器，寝则与猴共处"——事实上已经成为相依为命的伙伴。

"村烟墟雨，凄其之况。"一人、一猴，就这样默默地行走在飘着细雨的乡间旷野，"怜猴者丐，而知丐者猴，两两相依，知己正在不言之表"。

话说凭着几年的乞讨卖艺，乞丐颇攒了一点钱，这些钱全都放在一个随身担着的木头箱子里。猴子看这个箱子看得很严。这一天，有个无赖来找乞丐讨水喝。不知道为什么，猴子一见到他，"即变面作吼，怒形声色",好像要撕碎了无赖似的。乞丐觉得这猢狲太没礼貌,遂大声训斥它,但猴子还是龇牙咧嘴,拉着乞丐的衣角吱吱叫个不停,仿佛是在告诫乞丐千万不可与那无赖接触。

乞丐却没有在意。他平时最重朋友,往往一杯酒就可以推心置腹。见那无赖也是无家可归的可怜人,乞丐便与他相约一起闯荡四方。很快,两个人吃饭睡觉便都在一起了。与此同时,猴子却总是一副十分紧张和警惕的模样。他盯着无赖汉,丝毫不肯放松。乞丐与无赖汉一起走村下乡表演马戏,挣到钱便一起喝酒,钱箱里的存款有多少,也从来不避着无赖汉。

这一天,乞丐担着箱子,跟无赖一起走到一处荒郊旷野。这里离城镇十分遥远,"山凹松杉,蔽翳道左"。两个人本来肩并肩地往前走,可不知为什么无赖的速度渐渐慢了下来。乞丐以为他有脚疾,正待回头问个究竟,却见那无赖从地上捡起一块大石头,狠狠地砸在了乞丐后脑上!"丐应声中颅而仆",在猴子无比尖锐而恐怖的叫声中,无赖用扁担狠狠打向乞丐,打了有数十下之多,"丐遂殒"。

3. 义猴为主人报仇雪恨

打死了乞丐,无赖汉喘了半天粗气,然后便拎着扁担一步一步走向猴子。谁知乞丐因为跟猴子相伴多年,平日里捆缚它的锁链形同虚设,所以猴子猛地挣脱了,然后三下两下跳到了树顶上。无赖汉又气又恨地说"算你这个畜生走运"。然后挖了个坑,把乞丐埋了,挑着箱子逃走了。

望着杀人凶手渐渐远去,猴子慢慢地下了树,"悲鸣欲绝",从此开始了独自流浪的生涯。每次来到村子里，来到住户的家门口，它都"长跪凄凄，俯首堕泪，人与之食，食毕复号，又去他村如前村状"。

一开始，人们还讶异它的主人去哪儿了，又为什么长跪哭泣。但时间一长，大家也就习以为常了，"不忍羁系，听其往来"。

有一天，巡抚大人坐着轿子上街，"猴忽拦舆嘶号，若有所指"。两旁的衙役用鞭子打它，它不但不逃走，反而嘶叫得更加凄厉。巡抚觉得事情古怪，遂喝止了衙役，让轿子跟着猴子走。"猴悲而先导，人止，则猴若招之状"。走了有十里地，到了一片松树林中，猴子突然站在一处颜色有异的地面上，"绕捶胸如躄踊"。巡抚立刻让人挖开那片土地，露出了乞丐的尸体。经过仵作的验尸，确认是被殴打致死，"而杀人者毫无踪迹"。

巡抚一向明察秋毫。他想了很久，都不知道该怎样破获这件杀人案，无计可施时，他将目光转移到堂下拴着的那只猴子身上，突然有所醒悟，让吏胥牵着猴子到附近的集市随便转悠。

这时，时间已经过去了一月有余，那个无赖用乞丐箱子里的余资又买了一只猴子，照样用旧的傀儡铃索在集市上表演马戏。而乞丐的猴子见到无赖的一刻，"眦裂，前攫，豕啼而人跃"，立刻跳到无赖的身上又抓又咬。瞬间爪痕无数，衣履皆破。无赖刚要揪打猴子，早被捕役拿下，带到官府，他一开始嘴很硬，直眉瞪眼地问巡抚："为什么抓我这么一个耍猴人？"巡抚冷笑道："就是因为有一只猴子告你，所以才抓你这个耍猴人！"说完把乞丐的尸骨抬了上来，无赖一见，登时目瞪口呆，跪在地上连连磕头，俯首认罪。

巡抚下令处死了杀人犯，然后牵猴至前，问它说："你的仇已经报了,现在回山里去吧!"猴子却把过去跟乞丐一起表演猴戏时穿的衣服、帽子都穿戴好,向巡抚"鞠躬俯伏毕",然后登上揭阳楼楼顶,"长号数声,坠地以死"。

巡抚深为猴子的忠义感动,下令潮州刺史署"大门槛柱皆刻木猴而饰"。

猴子替主人报仇的故事,在古代笔记中极其多见。不过要是说起"层次最高"的一起,必须是明代学者张岱在《夜航船》中的一则故事。说唐末时期,唐昭宗被迫逃出长安时,将一只他平日里养的猴子也带在身边。该猴"能随班起居",像其他文武百官一样叩拜。后来朱温控制了唐昭宗的人身自由,并派手下将领将其杀害。之后朱温篡位创立后梁,把那只猴子抓来,让它对着自己叩拜。谁知猴子望见朱温,扑上来就撕咬,被两班侍卫所杀。

笔者对封建社会所倡导的那种臣子对君上的愚忠,一直十分反感;但相较现代社会人与人之间靠着利益和权力形成的某种"忠诚",还是前者更有温度,因为后者翻脸的概率、速度和凶狠,都是我们不愿看到,更无法想象的。很多人不明白:为什么养小动物的人会对自己的宠物那么好?其实很简单,他们只是对人太失望罢了。

三、弘治年间的"蚕神杀人事件"

作为世界上最早种桑养蚕的国家,中国人自古以来就对"蚕神"十分崇敬。每年开春时节,皇帝要亲领文武百官在先农坛行"籍田礼",皇后要带领后妃们去祭祀先蚕坛。如清代著名学者高士奇便在《金鳌退食笔记》中记载:"蚕坛方可二丈六尺,叠二级,高二尺六寸,陛四出,东西北俱树以桑柘。"也许正是因为国家的最高统治者都是蚕宝宝的粉丝,所以民间对蚕神就有了各种各样的传说。不仅如此,人们还将发生在明朝弘治年间的一件真实的分尸大案归结为"蚕神的报应"。

1. 蚕之传说:马皮裹女成"蚕神"

"蚕神"和我国的大多数神祇一样,也是"官方"有一个说法,民间另有一个说法。

在我国古代,"官方"往往奉嫘祖为蚕神。《史记·五帝本纪》中有云:"黄帝居轩辕之丘,而娶于西陵之女,是为嫘祖。嫘祖为黄帝正妃,生二子,其后皆有天下。"唐代思想家赵蕤也在一篇碑文中说:"嫘祖首创种桑养蚕之法,抽丝编绢之术……是以尊为先蚕。"

与官方树立的出身好、血统正、地位高的蚕神不一样,民间认可的蚕神其实源于一个言而无信遭到报应的神话故事。

清初文学家褚人获在其笔记《坚瓠集》中简明扼要地记载了此事:"蚕家所祀先蚕之神,实马头娘也。"据说蜀地有个女子,"夫在外久不归"。

第二章 神怪篇

她就赌气说："谁要能把我丈夫带回家，我就把女儿许配给他。"话音刚落，"家有一马，闻而跃去"，没过几天就载着那女人的丈夫回来了。女人高兴极了，忙着给丈夫接风洗尘，马则在一旁长嘶不已。丈夫问是怎么回事，女人才想起自己发的赌咒。丈夫悻悻道："我旅费用完，正不知怎么回家，便见这匹马过来，骑上它回了家，但岂能因此就把女儿嫁给牲口？"竟举刀杀马，"曝皮于庭"。正巧这天他家的女儿路过庭院，"皮忽卷女飞去，挂于桑上，遂化为蚕，食桑叶，作一茧，大如瓮"。后人为了纪念，就把那女孩的像塑造出来，取名马头娘，以祭祀蚕神。

其实，早在晋代，干宝的《搜神记》就讲过此事。所不同的是女儿想念父亲，求家中所养之马载亲人回家，并许诺与之结亲。等马将其父带回后，其父不但不认账，还"伏弩射杀之"，随后又将皮挂在庭院里。女儿心地歹毒，竟用脚去踢那张马皮，耻笑道："你是一个畜生，还想娶我当老婆吗？"话音未落，"马皮蹶然而起，卷女以行"。很多天后，人们才在一棵大树上发现一个巨大的蚕茧，见"女与马皮尽化为蚕"。这个蚕茧纶理厚大，可以抽丝，"邻妇取而养之，其收数倍"。人们便把那棵大树取名为桑树，谐音"桑者，丧也"。从此百姓竞相种植桑树和养蚕，并奉此女为蚕神。

女人和桑树的关系无须多言，只消读一读枚乘在《七发》中的"女桑河柳，素叶紫茎"，以及王夫之在《九昭》里的"飘女桑之季叶兮，哀弱丧之便娟"便可知晓。但马头娘的传说还是让人感到诡异，传说总有其源，为什么会出现"女人＋马＝蚕"这样一个奇怪的等式呢？笔者以为，可以从荀子的《赋蚕》一文中找到答案："此夫身女好，而头马首者与？"意思是在古人眼中，蚕的身材柔婉像女人，而脑袋缓慢摇摆的样子很像马。另外,《周礼》注云:"物莫能两大,禁原蚕者,为其伤马也。"意思是养蚕丰收之年,往往养马业会受损,古人又搞不清其中存在着怎样的逻辑关系,于是便出现了死马活蚕的传说。

这一传说在民间的影响之大,《太平广记》可证:"每岁祈蚕者,四方云集,皆获灵应。宫观诸尼,塑女子之像,披马皮,谓之马头娘,以祈蚕桑焉。"

2．蚕之谋杀:一条人腿揭大案

其实在中国古代,"蚕神"的神力体现在各个方面,除了保佑蚕农丰收之外,还有破获杀人案的功能。

如明代文学家陈洪谟所撰,专记明朝弘治一朝见闻之笔记《治世余闻》。弘治是明孝宗朱祐樘的年号,也是明朝历史上经济最为繁荣、人民安居乐业的和平时期,素有"弘治中兴"之称。陈洪谟是弘治九年(1496年)的进士,其活动时间集中在弘治年间和嘉靖初年。所以《治世余闻》是典型的"当时人述当时事",具有极高的可信度和史料价值。而其中记载的"蚕神杀人事件",便是当年江南一带轰动一时的大案。

陈洪谟先是告诉大家,"湖州人以养蚕为生,然蚕神甚异",然后才开始讲述故事。弘治中期,湖州安吉县有个伍姓大家族,以养蚕发家,富甲一方。由于该家族每岁畜蚕,造成蚕越来越多,桑树种植却没有跟上,导致很多蚕没有"口粮"。伍家的家主就派三个家丁"弃蚕十余筐",埋在地窖里。完事后,三个家丁向家主汇报时,家主说:"虽然抛弃了十几筐的蚕,但剩下的蚕还有许多,你们仨赶紧去集市上买些

第二章　神怪篇

桑叶回来。"

"三人仍驾船往市桑叶",结果没有买到,只好回家,一路上只是发愁怎么跟家主交代。正在这时,忽然河面波涛汹涌,隐隐若有怪物游来,三个家丁吓得面无人色,却听扑啦啦一声响,一条巨大的鲤鱼猛地跃上了他们的船,在甲板上翻滚不停。三个人连忙将其网住,觉得虽然没有买到桑叶,但将这么大一条鲤鱼拿去给家主当晚餐,也可以少挨几句臭骂了,遂赶紧划着船往家走。

正在这时,当地巡检司的捕吏驾着小艇驶了过来。原来,他们见前方一条船的船身虽然小,但吃水线压得很深,且划桨的人划得好像很吃力,便追上去"临检"。三个家丁说船舱里只有一条鲤鱼,别的什么都没有。捕吏不信,细细搜索后竟在甲板下面的暗格里发现一条人腿,而且是新近割下来的!

三个家丁"自相惊骇",吓得说不出话来。捕吏们则立刻将他们缉拿到浙江按察司,问他们这条腿是谁的?那个死者的尸身所在何处?三个人谁都说不上来。按察司大刑拷掠,打得三个人皮开肉绽。其中一人实在受不了,不得已承认说:"人确实是我们杀的,尸体就埋在伍家大院的地窖里。"主审官员立刻带着他们到了伍家大院,下到地窖,先前认罪那人"妄指一地,发之,正是瘗蚕之处"。令人震惊的是,那里的十几筐死蚕都不见了,取而代之的是一具死尸,身躯完全,只是少了一条腿,断裂处的伤口正与船中的那条人腿相合!

铁证如山,三个家丁和家主一起认罪伏法。

"此事江南人盛传其事到京",引起各方议论,以为伍家是杀害家蚕过多,蚕神给予之冤报。不过在笔者看来,此案很可能是家主和其中一个家丁串通杀人的案件。杀人之后，家主和那个家丁准备分尸后扔掉尸块，但发现只切下一条腿就已经十分费劲，倒不如将尸体埋在地窖里。但万一被人挖到，还是会有暴露的可能，于是他们使出了李代桃僵之计，先以蚕多桑少为借口，公开埋掉十几筐蚕。这样做便形成了一条"心理诡计"，没有人会挖掘一个已知埋有蚕尸的地方。然后，家主再以买桑叶之名，派三个家丁划船去集市上——其中一个家丁就是帮凶，准备抛腿于河，但很可惜，由于路上另外两个家丁形影不离，帮凶的家丁没机会下手。与此同时，在家中的家主，则把埋蚕尸的地方挖开，填进死人的尸体，再将蚕尸抛掉。谁知一条鲤鱼和"多管闲事"的捕吏，竟会让罪行败露。帮凶的家丁熬不住刑，冥冥间又觉得这事儿是头上三尺的青天让他"恶有恶报"，所以才指认了埋尸地点。不过，另外两个家丁死得冤枉，因为从事件的前后经过来看，三个家丁不可能都是帮凶，否则分尸不会半途而废；也很难想象三个凶手不赶紧抛掉人腿，反而好整以暇地先去买桑叶。

3．蚕之惩罚：路遇金蚕不可捡

前述的"蚕神杀人事件"的发生地在浙江湖州，也是明代丝织业最发达、技术水平最高的地区。

据明代学者朱国祯所著笔记《涌幢小品》所记："湖地宜蚕，新丝妙天下……湖丝惟七里丝尤佳，较常价每两必多一分，苏人入手即识。用织帽缎，紫光可鉴。"这样好的蚕丝，来之不易，蚕农必须极为精细地照料蚕宝宝的一生："其初生也，则以桃叶火炙之，散其上。候其蠕

第二章 神怪篇

蠕而动，濈濈而食。然后以鹅羽拂之……其既食也，乃炽炭于筐之下，并其四周，锉桑叶如缕者而谨食之。又上下抽番，昼夜巡视，火不可烈，叶不可缺。"

与养蚕业关系最密切的，莫过于桑树的栽培。而湖州养蚕业之所以发达的一个重要原因，就是"湖之畜蚕者多自栽桑"。那时的桑叶买卖，跟现在的期货买卖似的，"价随时高下，倏忽县绝，谚云：仙人难断叶价"。因此，如果能够预估桑叶价格，低价买进高价卖，就能赚上一大笔。

当地有个姓章的人，预估桑叶价格惊人地准确，"凡二十年无爽，白手厚获，生计遂饶"。既然成了富家大户，一些鼓乐手就常常来到章家大门口表演一番，要点儿零花钱。某日，这些人敲敲打打完毕，章家老爷散了几两碎银子。突然有个"矮而肥白"的老妇人上来求一碗饭。章家看她就是个乞丐，便赶她走，老妇人却"卧于地，不肯去"。

这时章家上上下下，连主人带奴婢都酒足饭饱，每个人脸上都带着暴发户特有的志得意满、狂妄自大表情。见老妇人赖着不走，极其厌恶，让她赶紧滚。那老妇人说："我跟你们家老爷的曾祖母是好友，所以每年暗中帮助你们沽准桑价，如今一顿饭都不给我，怎么能吝啬到这个样子？"章家人一听大怒，一群人上去就踢打她，可是老妇人竟突然消失不见了。

众人"且骇且疑，其佛堂忽有声，曾祖母牌已裂为二"。章家主事的赶紧朝老一辈人打听，才知道曾祖母乐善好施，尤其见到野蚕，必然带回家收养，直到其吐丝破茧，变成蚕蛾飞走。而那个老妇人，很可能就是"蚕神"……此后，章家再也沽不准桑价，日益败落。

明代丝绸业和桑蚕业发达，蕴含着巨大利润。为了牟取暴利，从业者之间尔虞我诈，互相倾轧，也是寻常之事。不知道当年有多少见利忘义的嘴脸。也许这个故事所要反映的就是这种现实。

同样寓意着"蚕之惩罚"的，还有明末清初历史学家谈迁。他在《枣林杂俎》中记载过一种"金蚕"："金蚕，闽中有之，形似蚕，色黄。"如果在路上看到这种蚕，附近往往会有遗落的金子。但建议最好不要捡，因为一旦捡了就必须将金蚕一起带回家饲养。否则，金蚕就会缘足而上，无论怎么都扑打不掉，"延及身手，胶手掣足，瞆耳窒鼻，两目眊眊，颊无色泽，四肢百骸，惝恍若失，而死迫矣"。关键是带到家后，家里每天还都会死一个人，"无论亲疏怨德，触之必死"。如果想将金蚕请出家门，则必须拿出捡回时数倍的金子放在最初捡到金蚕的那块地方，"否则不出也"。

这似乎是在讽刺当时日趋严重的牙行现象，樊树志先生在《晚明大变局》中谈及晚明丝绸业中的牙行时有云："牙行存在不少陋规陋习，上下其手，使得买卖双方利益受损。"如果不与牙行打交道，蚕农手里的丝卖不出去，而且牙行占据着流通渠道，是不折不扣的"黑中介"；请他们"进家"的话，又肯定会被盘剥得底儿掉。可见，所谓"遍身罗绮者，不是养蚕人"，绝非诗家的杜撰。

四、"黄大仙"为何会致人"中邪"?

有一天傍晚,我送女儿去上舞蹈课。快要走到小区门口的时候,面前倏地闪过一条色黄而体长的动物。它脑袋很小,动作灵活,转瞬间就消失在草丛里。女儿吓了一跳,问我那是什么。我怔了片刻才说,那是一只黄鼠狼。

我家所在的小区自然环境非常好,野猫野兔什么的就不必说了,晚上还经常能在路边看到小刺猬,但黄鼠狼还是第一次见到。而且距离我上一次看到这种动物,至少已经过了30年——那还是童年时在东北老家撞见的。大人们虽然很烦它——嫌它偷鸡,但因为此物属"五大仙"之一,还是让我们小孩子们不可追打,不然容易遭些小咎。总之,听上去是一种挺无赖的动物。直到后来读了很多古代笔记,才发现它其实是一种有点儿窝囊的"大仙"。

1. 外强中干的"废柴角色"

东北人所谓的"五大仙"是指狐狸、老鼠、刺猬、蛇和黄鼠狼,也有人管他们叫"五家仙"。说白了就是东北的土坯房、火炕、柴火垛等地方,给这几种动物提供了比较优越的生存环境,导致它们经常在人们家里出没。基于"万物有灵"的文化传统,老百姓便将它们封为"仙"。如薛福成在《庸庵笔记》中就提道:"北方人以狐、蛇、猬、鼠及黄鼠狼五物为财神,民间见此五者,不敢触犯,故有五显财神庙,南方亦间有之。"

虽然"五仙"并称,但在人们的心中,其地位并不相同:狐仙当然是最厉害的;柳仙即蛇仙,仗着一部《白蛇传》撑腰,自然也差不到哪里去;白仙即刺猬,多被认为有吉祥护家之用,很受尊重;灰仙也就是老鼠,由于有搬运粮食的能力,所以被认为是仓神,而且在年画上它总是以可爱的面目出现——其实仔细思忖,这些家仙到底在民间传说中扮演着什么样的角色,说到底还是跟它们在现实生活中的"破坏力"息息相关。

相比之下,黄鼠狼比较尴尬:它个头小,攻击力有限,体型又过度狭长,而且长得又贼眉鼠眼的,遇到危险时的逃生方式又显得猥琐不堪。因此在古代笔记中扮演的多半是外强中干的"废柴"角色。

在《耳食录》中就记载过这样一个故事:有位公子喜欢养鸽子,他把一间屋子辟成鸽房,"架木为鸽巢百十如窗棂,以卵以雏,鸽以蕃息"。有一天,他忽然丢了数十只鸽子。生气的他便于夜里拿了根棍子躲在鸽房里,想抓住偷鸽贼。待半夜三更时忽然见一只"长数尺"的黄鼠狼冒出来,往鸽巢里钻。公子跳起来便打,那黄鼠狼闪躲开,然后突然跃起,扑到公子的身上"啮其衣领"。紧接着,一大群老鼠从四面八方钻了出来围住公子便咬。公子大喊大叫,叫出了很多仆人拿着家伙来救他,黄鼠狼这才带着老鼠们逃走。公子气急败坏,不依不饶,带着众仆人追赶。黄鼠狼与群鼠躲进旁室,公子正要破门而入,就听见里面传来声音:"姑勿来,来且不利!"众仆人被吓住了。公子却说,这不过是鼠辈的恐吓。于是排扉径入,只见无数只老鼠的眼睛在房梁上闪烁,很久才消退。当天夜里,每间房屋的梁上都传来奇怪的响声,"若有大木从屋抛下"。然而点燃蜡烛一照,又什么都没有。接着房门又传来"哐哐哐"的剧烈撞击声,吓得众仆人不知所措。公子拔出宝剑怒吼道:"鼠辈再敢兴妖作怪,我就把你们统统斩杀!"结果声音一下子就消失了,并且从此再无发作。

2．偷鸡摸狗的"废柴勾当"

黄鼠狼是鼬科小型肉食类动物,能直立,甚至会做出一些像人的举动。比如,《子不语》中就提到,周养仲在安徽做幕客时见到两只黄鼠狼"拖长尾,含芦柴,演吕布耍枪戏"。这就导致在民间传说中,黄鼠狼经常会以人形出没。当然,纵使酷似人形,干的也是偷鸡摸狗的勾当。

如《醉茶志怪》中有这样一则笔记,就是讲的黄鼠狼偷鸡摸狗之事:有位姓陈的茂才,住在三河县的村墅里,每到夜里喜欢独自在书房临帖。一天晚上,他突然走到后院骂家人太懒,居然不给自己准备夜宵,"其眷属即出食物奉之,食讫,匆匆遂退"。就这样,每天晚上他都来后院要夜宵吃。家人觉得奇怪,因为陈茂才晚饭都吃得很饱,不应该到了夜里饥饿至此。且他为人一向有谦谦君子之风,不会动辄骂人。这天夜里,一个仆人突然闯进陈茂才的书房,战战兢兢地说夜宵还没准备好,请他稍候片刻,晚一点再送过来。陈茂才很惊讶,说我没有让你们准备夜宵啊?两相一对事情原委,都目瞪口呆。这时陈茂才忽然发现,灯后有一双爪子正在偷他放在书案上的帽子。"叱之,乃一巨黄鼠冲门去,方悟每夕詈仆并诈饮食者,皆此物为之也。"

《夜谭随录》里亦有类似记载：有位佐领好酒喜啖。一天晚上，他买了六七只羊蹄、一瓶烧酒，拥炉独酌。同时，一边吃一边把吃剩下的蹄骨扔在地上。"蓦闻墙角下窸窣有声，挑灯谛视，见小人十余，各高五六寸，或男或女，装束悉类时人。"这些小人每个都背一竹筐，弯腰拾取蹄骨，然后放在筐里。佐领有些害怕，拿起火筷子就扔了过去，正好砸中一个小人。其他的小人见状都惊慌四散，钻进壁洞不见了踪影；而被砸中的那个在地上滚了几滚，化成一只黄鼠狼也溜掉了。

　　纵使受到伤害，黄鼠狼也只会体现出"废柴属性"。如明人钱希言所著笔记《狯园》便记载：有个无锡人经常见到屋子里有两个"二三寸"的矮人转来转去，驱之不走，便治下药弩，等那两个矮人再出来。结果"毙其一，一疾走去，视之，乃雌黄鼠也"。过了一会儿，"忽有矮人百余辈出，与主人索命"。主仆一番驱赶，它们恸哭一阵之后，"怪便寂然"。

　　可能也正是意识到黄鼠狼虽然可以如人一般直立，却没有更多的能耐，所以有一些笔记作者便拿它来用作物喻。再如《洞灵小志》中也有一篇类似记载：光绪年间，浚县县令陶某的官署后面有一片废园。陶某认为空旷，便将它修葺一番作为接待宾客之用，平时只让一个仆人住在里面看守。"夜半见一矮官人，高仅尺许，缨帽官服，自墙隅出，徐步有度，盘旋室中，若自得者"。仆人知道这是个妖怪，便轰它走，谁知它反而怒视仆人。仆人害怕了，任它在屋子里游走，"四鼓后，仍循墙而灭"。第二天，仆人死活也不肯再在这屋子里留守了，遂向陶县令请求"调岗"，陶县令不许。仆人没办法，结果当天夜里又看见那矮官人出来"巡视"一番。每夜如此，仆人忍无可忍。他便找到其他仆人，偷偷买了些爆竹，等矮官人再出现时，一起抓住他。当时，果然矮官人再次出现，他们便突然点燃了爆竹！只见"矮官人闻声惊怖狂跳"，这时埋伏在附近的其他仆人一拥而上将其捉住。"视之，一巨黄鼠狼，身裹黑布一幅，顶红纸一片而已。"《洞灵小志》的作者郭则沄感慨道："尝见豪贵子弟，乳臭未涤，即纳粟入官，伏猎弄獐，传为讪笑，其亦怪之类欤！"

3. 协助破案的"废柴侦探"

很多人对"黄大仙"的畏惧，实是来自它的一种特殊"技能"——臭气：据说阳气不盛的人——尤其是妇女和儿童，只要被它看上一眼，就容易中邪。如《洞灵小志》上说，北京西城安福胡同[①]的一处宅院，备受黄鼠狼骚扰，"室中黄鼠狼遍地，其色黄而璨白"，且赶都赶不走。有一对夫妇住在那里，被它们搞到"夜不能寐"的地步。刚开始这些家伙还只是夜里出没，后来居然大白天也在院子里横行。女主人气急了，就去追一只黄鼠狼，想搞清楚它们的巢穴在哪里。谁知那黄鼠狼被逼到绝路时，"回首一顾，目光奇厉"，女主人"悸而成疾"，很久才好转。

事实上，那些所谓的"中邪"，并不是被黄鼠狼的目光摄去了魂魄，而是中了此物遇到危险时放的"大招"，即通过体内臭腺释放的臭气，这种臭气的主要成分丁硫醇有致幻作用，会对人的大脑神经产生干扰，导致一系列精神症状发生。至于所谓的"阳气不足"，倒不如说

[①] 故事发生在今东安福胡同。——编者注

是古代教育水平低下。封建时代，妇女儿童或"愚昧无知"的人，本来就胆子小，再遇上一些奇异的现象，就更容易被蛊惑，导致癔症的发生。而胆子大又有一定文化的人，则不但可以不受干扰，反而会进行"反杀"。

如薛福成在《庸庵笔记》中曾记载这样一件事情：有个名叫钱子莲的县令，回忆自己十七八岁时遇到的一件事。那时他独寝书斋，"忽若有物压其胸者，欲言不能，欲起不得，如是数日"。有一天，他在床上使劲撑开眼皮望去，只见一只一尺来高的黄鼠狼踞地而坐，"对床嘘气，人即被魇，精神疲倦异常"。第二天晚上，钱子莲找了一把铁尺放在床边，假寐以待之。三更过后，那只黄鼠狼又来了，继续对着床嘘气。钱子莲乘其不备，抽出铁尺猛击，把它打得脑浆迸裂而死。第二天晚上，又来了一只黄鼠狼绕室哀鸣，并到床前嘘气。钱子莲以铁尺驱之不去，便找来一枚捕兽夹，事先放在它逃走的路上，"追而钳得之"。这次，钱子莲还是用铁尺打它，"每击一下则放一屁，黄烟缭绕，厥臭令人难耐"。钱子莲忍着恶臭，不停击打了十余下，终于打死了那只黄鼠狼。"魇人者由此始绝。"

可见，对于那些为邪之物，只要不信邪，并奋起反击，就绝不会中邪。

不过即便是连逃生手段都显得下作不堪的黄鼠狼，偶尔也能建立功勋。清末，京郊有位某甲，出外做生意多年发了财。这一年，他将赚到的银圆装在行囊中，步行返乡。时值盛夏，酷暑难耐，走着走着，他突然觉得内急，便把行囊放在一块石头下，到树荫下解大手。"俄见两黄鼠狼互斗，渐近，竟拖行囊越田塍去。"某甲提上裤子就追，直到追到一座新坟前，不见了黄鼠狼的踪影。他只见那坟已经塌了，露出棺材来，棺材下面有个空穴，自己的行囊好像就在里面。某甲想去拿，又怕犯了盗墓之罪，便走进附近一个村子，找到保正。他说明情况，请他一同去坟边发掘，以为证人。保正说，那是前不久去世的某乙之墓，要想发掘得征求其妻的意见。他们一起找到孀妇，孀妇始终坚决不同意。但某甲坚持要取出自己的财物，孀妇没办法只好跟着他们来到坟边。某甲"请保正代探之，果出银包，数之，缺十余圆"。某甲遂请保正继续探查，孀妇表示反对。这时保正发现棺材里面隐隐闪现着银光，便说："银圆固在，一探手间耳，何靳为？"然后把手伸进棺材里摸，不小心碰到尸体，只觉"有物刺手，察为铁条"。那保正很是吃惊，尸体上怎么会有铁条呢，立即叫人一起来开棺，"启之，则尸之太阳穴有铁箸横贯之"。那孀妇一看顿时脸色惨白，交代了自己与人通奸，谋杀亲夫的罪行……[①]

每次看到和黄鼠狼有关的笔记，总觉得它们像某些游走在社会灰色地带的"边缘人"。虽然我不喜欢他们，但他们的存在是某种客观现实。现代社会的一个重要法则，就是每个个体只要遵纪守法，无论何其另类，都可以拥有自己的生存空间。所以，当你看到那些穿着打扮一望即知是"非主流"的人士在街上闲逛时，不必总是白眼相加，反而应该感到，这是我们的社会越来越文明、包容和多元的结果。

[①] 此故事记载于《洞灵小志》。据其他笔记记载，此事很可能发生于民国时期徐世昌做大总统（1918—1922年）期间。——编者注

五、哪儿来的那么多"绿毛怪"？

每年只要进入阴雨连绵的时节，家里的食物如果储存不好，就难免长出霉斑，甚至长出绿毛。早年间缺衣少食的时候，人们往往舍不得浪费，掰掉发霉的部分后剩下的接着吃。现在我们已经知道，那是霉菌作祟，纵使是剩下的部分，肉眼虽然看不到霉斑和绿毛，吃了依然有害健康，因此没人会做那样的傻事……然而古代笔记中有一种"绿毛怪"，一旦遇上可就不是"有害健康"那么简单了，搞不好还会闹出人命来。

1. 尸变：地面辄见女子形

"乾隆六年，湖州董畅庵就幕山西芮城县。"当时，芮城县有一座庙，供着刘备、关羽和张飞的神像。庙门平时用铁锁锁着，每逢春秋祭祀才开启。"传言中有怪物，供香火之僧亦不敢居。"

有一次，有个陕西的客商带了一千多只羊来芮城贩卖，天晚了还没有找到旅店，只能到这座庙里投宿。当地居民告诉他庙里有怪物，劝他改投别处，但贩羊者仗着自己有膀子力气，自称没事，居民便只好"启锁纳之"。贩羊者进了庙，"散群羊于廊下"，自己则拿着赶羊的鞭子靠在柱子上休息。虽对外说不怕，他心中还是有些害怕，就点燃蜡烛壮胆，"三鼓，眼未合"。就在眼皮渐渐撑不住的时候，突然听见神座下豁然有声。他定睛一看，从神座下跃出一物："其物长七八尺，头面具人形，两眼深黑有光，若胡桃大，颈以下绿毛覆体，茸茸如蓑衣。"只

第二章 神怪篇

见此怪一直盯着贩羊者,同时不停抽动着鼻子,冷不丁突然伸出两只利爪扑了过来。贩羊者抡起鞭子就打,那绿毛怪竟浑然不觉,"夺鞭而口啮之,断如裂帛"。贩羊者吓得魂飞魄散,夺门而逃,绿毛怪也跟着追出庙外,速度极快。贩羊者知道跑不过,就顺着一棵古树爬到顶上。绿毛怪不会爬树,只能在树下张望。

"良久,东方明,路有行者。"贩羊者观察了很久,见树下已经没有绿毛怪的踪影才下了树,告诉聚集来的居民昨夜发生的事情。大家壮起胆子进了庙,到神座下寻找,并没有发现什么异状,"惟石缝一角,腾腾有黑气"。大家不敢开启,一起到县衙报官。芮城县令让衙役们搬开神座,掘开地面。发现洞"深丈许,得朽棺,中有尸,衣服悉毁,遍体生绿毛",形貌正是贩羊客昨晚见到的。"乃积薪焚之,啧啧有声,血涌骨鸣,自此怪绝。"

这则记载在《子不语》中的笔记,道出了"绿毛怪"的重要"由来",那就是"尸变"。与之相类似的笔记,还有记载在《右台仙馆笔记》中的一则故事,"扬州左卫街一大宅,乱时为贼中大头目据为伪府",后来大乱平定,大宅被一户富裕人家重新修缮后居住。奇怪的是,厅堂前的地面,"每逢阴雨,辄见一女子形,洗之不去,天晴即没"。这家人也觉得诡异,所以很少请外人来家中做客。恰巧有个亲戚从远方来,他的仆从众多,在扬州的客店里住不下,只好全都接到宅中入住。"夜半,忽见砖动不已,顷刻坟起",一个奴仆不明就里,想将凸起的地面踩平,谁知刚一举足,旋即晕倒在地。第二天天亮,他才向主人讲起这件事。大家掘开那块地面,只见下面埋着一具女尸。"衣裙未坏,面目如生,遍体生绿毛,长寸许,栩栩欲动"。这家人赶紧报官,官府命令将尸体焚化。邻居有个深知地方掌故的皮匠说："此事吾知之，我陷贼中，即隶此贼帐下，贼获此女，欲污之，骂詈不从。杖数百，骂益厉，遂活埋之。不意其今为祟也。"

2．绿瓢：遍体生绿毛如苔

稍微了解一些法医科学知识的朋友，可能都听说过"尸绿"这个词。尸绿是指人死后 24 小时到 48 小时，腐烂气体的硫化氢与血红蛋白及其衍生物结合成硫化血红蛋白或硫化变性血红蛋白，或是与血液中的游离铁结合成为硫化亚铁，最终透过皮肤使尸体呈绿色。虽然看起来有些恐怖，但其实是一种自然现象。而尸体长毛也是因为尸体处于适宜真菌生长的封闭潮湿的环境里，局部或全身的表面就会长出一层白色或灰绿色的霉斑，也叫"霉尸"。比如，《耆龄日记》中就写孙殿英盗墓后，慈禧太后的尸体被发掘出来时，"面貌如生，手指长白毛寸余"……但古人对法医科学的认识有限，便以为死者死后还会"生长"，甚至会出来兴妖作怪，结果就是编造出了各种"绿毛怪"的恐怖故事。

李庆辰在《醉茶志怪》中也有提及：有一年北京房山大旱，有个术士说这是因为西山的乱坟岗上有僵尸变为旱魃造成的。然后又指着某个坟包说，旱魃就在这里，应该发掘。但死者的家属不许动土，于是乡民们去告官。官员不敢犯众怒，就警告术士说，乡民们受你的蛊惑，要挖坟掘墓，如果之后没有发现旱魃，"坐汝以盗坟罪"。术士则坚持自己的说法，认为大旱就是坟中旱魃造成的："每阴云密布，辄有白气自坟中出，即时晴朗。"于是坟包被挖开，发现"一空棺，板有巨孔。棺旁卧一物如人，遍体绿毛，长寸许，双目赤如灯火，见人起立欲遁"。乡民们一拥而上将其绑住焚烧，没多久天上就降下雪来。

焚旱魃而降雪，当然是荒诞不经之辞。而"绿毛怪"也并非只有尸变这一种，还有些是住在未开化地区的人。他们由于长年在山野或丛林中谋生，身上沾染了太多绿植的枝叶或浆汁，引起了误会。比如，《觚賸》中写的滇中有一部族，"皆多寿，一百八九十岁乃死，至二百岁者，子孙不敢同居，舁之深谷大箐中，留四五年粮"。这些被遗弃的老人渐渐"不省人事，但知炊卧而已"，不仅"遍体生绿毛如苔"，而且还会长出尾巴，变成"朱发金睛，钩牙铦爪"的绿毛怪。他们攀陟岩壁，往来如飞，"攫虎豹獐鹿为食，象亦畏之"，当地人称之为"绿瓢"。

清代学者汤用中在《翼駉稗编》里提到的"绿毛怪"亦属此类。"苏州吴太史廷珍，少时读书广福山顶僧寺"。有一年夏天他回家走到半路上，"遇绿毛人丈许"。结果吓得吴廷珍坐倒在地。绿毛人上前将他扶起说，你不要怕，我并不是吃人的妖怪，马上就要下大雷雨了，你速速下山去吧！吴廷珍赶紧往山下走，快到家时，只听得身后霹雳一声，响震山谷，他回头看时，但见"半山皆火光"。第二天他上山时，听说有个绿毛人被震死了，"旁有绿血，莫名其怪"。

3. 怪物：细如牛毛绿如水藻

第三种"绿毛怪"则真的就是志怪笔记作者的杜撰了。如《萤窗异草》中写滦州武生童之杰，家中藏有一把宝剑，"自云能斩鬼狐"。可是人们都不相信他的话。他说："吾持此刃，虽不能学万人敌，然遇魔鬼邪妖，不难一一断之。"此后有人请他去"为妖所据"的一所大宅子里除妖，他欣然前往。当晚，他住在庭侧一间屋子里。半夜，室内突然亮起异样光芒，有一巨大的、"高与檐等"的怪物慢慢站起。这个怪物"面瓜色，双眸如碗，灼灼然……周身皆绿毛，约长数寸，甚恐怖"。童之杰吓得双腿战栗，好不容易才拔出宝剑，但手腕仍是止不住地哆嗦。那怪物笑着说，你这把剑顶多用来杀鸡，何苦到处吹嘘什么斩妖除魔呢？童之杰的剑当啷一声坠落在地……作者长白浩歌子讲完这个故事后感慨道："独是同一剑也，懦则试辄不利，勇则所向无前，剑固灵以人也？"

与童之杰这样的银样镴枪头相对照的，是《蝶阶外史》中勇斗绿毛怪的谷某："丰润鲁叔和先生家，正厅东偏，别有厅事三楹。紫藤一株，荫满院落，海棠一丛，本皆合抱，春时著花，烂如锦。"如此美好的处所，竟有一绿毛怪栖身于此，"夜必出，人无敢寝处其中有年矣"。丰润县的武进士谷某，不仅武艺高强，而且"素以胆气自负"。他听说这件事以后，便自告奋勇要去鲁叔和家的这处偏厅住宿。他的徒弟们苦苦相劝，他坚决不听。于是徒弟们要跟师父同去除妖，谷某也不同意，只答应他们住在正厅西厢房。房子后面有扇窗户通向紫藤花园，"可招呼相闻"。谷某特地叮嘱他们，我要是不招呼你们，你们千万不要过来。

当夜，谷某在偏厅秉烛独宿。等到二更将尽，突然刮起大风，震撼屋宇，风猛地将门吹开，"灯光顿缩，绿如豆"。只见一个五尺高的怪物蹒跚着走进屋子里，"遍体绿毛，鬈鬝（毛发蓬松）如松上鬣（松针），目炯炯类曙星"。谷某决定先发制人，跳起来扑了过去与之搏斗，两人势均力敌，不相上下，打斗声"自室传至西，复自西至东，蹶而起，起而复蹶，无虑数十度"。弟子们听到扑打和撞臂的声音愈来愈激烈，都想出去帮忙。奈何师父的叮嘱在前，令他们不敢动弹。而谷某与绿毛怪打斗了许久，体力渐渐不支，大呼徒弟们来相助。绿毛怪一听还有帮手，就要逃走，但谷某抓住它不松手。绿毛怪急了，"以爪抓谷腕去肉，十痕深寸许"。谷某忍不住剧痛，刚一松手，绿毛怪立刻逃之夭夭。徒弟们涌进来的时候，只看见师傅手上有两把"细如牛毛，绿如出水藻"的毛发——"怪从此绝"。

能听得懂谷某的呼救，又能跟武进士搏斗许久而不落下风，这更像是一个用绿毛装扮自己而藏身于鲁家的亡命徒。不过，《蝶阶外史》本就是志怪小说，所以也不必根究其"真相"如何，只要记住谷某这赤手空拳的比童之杰那手持利剑的更能让绿毛怪畏惧，就更加觉得长白浩歌子的那句话说得有理——"夫天下有大勇者，不必有剑，而亦神藏鬼伏矣"。

六、"太常寺仙蝶"的最后下落

夏天是蝶舞蜂飞的季节。每当看到公园里的小朋友们追逐着蝴蝶嬉闹，特别是女孩子们买来模仿蝴蝶双翼的装饰品背在背上，把自己装饰成蝴蝶仙子的模样时，我不禁想起：大概即便是土生土长的北京人，也不知道"仙蝶"这个词了吧？其实就在一百年前，太常寺里的"仙蝶"还联系着一些国破家亡、令人读来黯然神伤的故事呢。

1. 腐蝶：不愿和珅见真身

老北京的"仙蝶"据说有两个出处，其中最著名的便是太常寺的仙蝶。

清代学者俞蛟在《梦厂杂著》中有一篇《太常仙蝶记》这样记载："太常寺有仙蝶，大于杯，色微黄，而绯脉绀缕。"有人认为这仙蝶早在明代就出现了，还有人认为元代就有的。总之这"长寿之蝶"少说也有几百年历史了。仙蝶在春天、夏天和秋天时最为活跃。跟其他蝴蝶不同，它不大喜欢在香径和花房流连，而是"蹁跹飞舞于苍松古柏间"，可谓别有一番古趣。而清代学者姚元之在《竹叶亭杂记》中的记载尤为奇特：如果有人喊仙蝶"老道，我辈欲得见颜色"的话，仙蝶就会翩翩而下，飞落手中。熟悉京味儿文化的朋友应该知道，老北京人管黄色蝴蝶大都叫"老道"，大概是其翅膀的颜色很像道士们穿的道袍吧。但是如果想捉仙蝶的话，你就是再怎么喊它也不会落下，仿佛有预感似的。

太常寺有篇题记描述了仙蝶的具体"容貌"：四足双翼，黄色质地，上面有黑色条纹。而《仙蝶纪异小引》一文中亦记载其"色深黄，有墨斑花纹。二体大小似微差，一右翅有少缺"。

太常寺是古代负责礼乐的机构，历代都有设立。乾隆五十三年（1788年）的冬天，太常寺就发生了一件奇事：有只蝴蝶突然飞入太常寺！冬天有蝶，不免令人惊诧，一位乐工立刻用笤帚上前扑打，希望能逮住它，结果"顷刻化黄蝶数百，飞绕庭宇"。这事儿在京城越传越广，不知怎么地传到乾隆皇帝的耳朵里。他就让礼部将这些蝴蝶进呈御览，礼部大臣费了好大的力气，总算逮到一只，"因以黄袱藉盘，进呈御览"。这时正是隆冬，乾隆皇帝"忽睹肖翅仙质，乃大悦"。此人本来就喜欢满世界题词，甚至经常把名家字画盖戳盖到可以归入故意损毁文物罪，当下自然也不肯放过这些蝴蝶。他不仅给仙蝶赐了一个恶俗无比的名字叫"吉祥仙蝶"，还做了一首五言诗："蠕动蛰之时，来宾果是奇，异夫群物体，睹此一仙姿……"然后命人刻写在太常寺的寺壁上，还将拓本分赐给群臣。这一下，不仅群臣欢呼称颂，蝴蝶们也"深感圣德"。结果每逢太常寺祀坛之日，便会"仙蝶辄至"。而纪晓岚在《阅微草堂笔记》中亦把"太常寺仙蝶"和"国子监瑞柏"并称，说它们"仰邀圣藻，人尽知之"，其实就是趁机拍一拍乾隆皇帝的马屁。

这中间还有一段小插曲。据说太常寺逮到仙蝶进呈乾隆皇帝时，和珅正好在旁边。为了讨好皇上，他抢先一步上前抢过装有仙蝶的锦盒，打开先看了一眼，谁知那仙蝶顿时"化为腐蝶"，于是有人感慨"则蝶之通灵，实能鉴别忠奸"。这当然纯属杜撰，古人相信"天人感应"，硬要普天之下所有生物都要依照人世间的评判标准来"统一认识"，倘若冥冥中真有此灵验，何不早点结果了一切奸佞，何必让一只蝴蝶做了毫无意义的牺牲？

清末学者震钧在《天咫偶闻》中记有另外一种说法，说太常寺仙蝶一共有三只，"黄质而黑章，须之末有如珠者二，余则与常蝶无别焉"。这三只仙蝶平时总会栖息在太常寺公署的垂花门上方，且总在夏至这一天聚集到一处。每当方泽坛祭祀之日，百官斋戒，到坛上举行祭祀活动时，三只蝴蝶就翩翩而至，祭祀完毕便离开。比较奇特的是，这三只仙蝶似乎跟燕子很不对付，"见燕子必从而逐之，燕莫之敢抗。秋分后即去，不知所之。明年复来，不解其故也"。

2. 黄蝶：翩翩飞舞无惊怖

然而，"仙蝶"的另外一种出处就鲜为人知了，那就是什锦花园的忠魂所化。

什锦花园本是成国公朱能的旧府。朱能是明成祖朱棣的重臣，曾帮助朱棣夺取天下。朱棣定都北京后，封朱能为"成国公"，并赐皇城外东北方的大片土地给他。朱能遂在此地建房，取名"适景园"。《帝京景物略》中有记：成国公园"园有三堂，堂皆荫，高柳老榆也……园曰适景，都人呼十景园也"。后来随着时间的推移，渐渐改名为什锦花园，地址就在今天的北京市东城区什锦花园胡同附近。

朱能这个成国公是世袭的公爵，一共传了九代十二位。到了清代，适景园被清朝权贵占据，慢慢地分割成一座座独立的四合院和花园。据《旧京谈往录》中所记，其中有一座宅子，旧时曾经祭祀蝶仙。据说当时有两只蝴蝶,每年等到夏天雨后放晴,都会落在一块石头上,且向来如此。这两只蝴蝶,一只黄色,一只白色。黄色的那只纯朴无华但顶须有珠——个头不大却神采奇异。白色则没有什么特殊之处。每次它们俩到来的时候,在附近亭台树木上栖息的乌鸦都会惊起避开……传说这是李自成率领起义军攻进北京城时,住在附近的王某夫妇举火自焚,同时殉难后幻化成蝶的。对照《甲申传信录》中的记载,这对夫妇很有可能就是锦衣卫都指挥王国兴和他的夫人。而多年以后,依然有人在深夜看到一位长须穿红袍的人坐在适景园的亭子里倚着围栏望月,不知道这是不是王国兴的忠魂在悼亡故国。

太常寺也好,适景园也罢,不管哪个仙蝶是真,哪个仙蝶是假,它们的"归处"都令人伤感。咸丰十一年(1861年),翁心存和翁同龢父子二人去报国寺祭祀顾炎武,"是日太常仙蝶见于藏云洞,翩然而去"[①],可见那时"太常仙蝶"依然是京城并不稀见的"吉祥物"。四十年后,"庚子国变",八国联军侵入北京,仙蝶就迁到位于宣武门外下斜街内全浙会馆的妙光阁去了。等到慈禧带着光绪皇帝从西安回銮,帝都已经被侵略者毁坏得残破不堪,便彻底没有人再去惦念那些蝴蝶了。

辛亥革命前夕,仙蝶突然再次现身。清末著名藏书家傅增湘曾经亲眼得见:"余奉旨派充中央教育会副长,会设于学部迤庭,开会之日,忽黄蝶一双穿门而入,飞集议事台上。"有人告诉傅增湘:"此仙蝶也,殆与君有夙缘分耶?"与此同时,在场的数百位学者官员正在众口喧嚣地争议事务,一对黄蝶却了无惊恐,"翩翩飞舞,良久乃去"。这给傅

---

① 参见《南斋日记》。——编者注

增湘留下了深刻的印象。此后"中华民国"建立，随着官制频繁改动，"太常寺废，署址在今大理院中，旧迹渐就消沉"。而此后一去二十年，傅增湘"亦未重睹凤子翩飞之影"，只留下一声沉重的叹息。

3．黑蝶：死缠凶手终复仇

笔者翻查各种史料笔记，所找到的"仙蝶"的最后下落，仍旧是见于清末民初的著名学者和政治家郭则沄所著《洞灵小志》一书当中。他说仙蝶有时聚集在古庙中，有时徙居在诚玉如京卿的寓园中，"京卿为小龛奉之"。由于曾经当过广东学政的朱古微与仙蝶相熟，渴望一睹这些仙蝶的诗人陈仁先便去请求朱古微相助。朱古微说："这好办，只是需要花费些时间，咱们两个人一起静默祈祷吧。"于是宾主二人"各静默致诚"。没多久，一只蝴蝶果然来到了窗棂边，"黄质黑章，四足，一足微损，与世间所传者悉合"。陈仁先立刻把事先准备好的一杯美酒放在窗台上。那仙蝶飞到杯上就喝，并不避人。第二天，当过湖南布政使的遗老王病山听说仙蝶出现了，也赶紧跑到朱古微家中，"以不得见为恨"。谁知话音未落，"有蝶集其腕，视之，即仙蝶也"。

此后，仙蝶就彻底消失在历史的烟尘之中了。偶尔一露，亦恍如清影。

尽管围绕着仙蝶有各种牵强附会的传说，但在清末便已经有不少学者根据西方动物学的分类，对蝴蝶有了比较正确和清醒的认识。比如《清稗类钞》中的"蛱蝶"条目是这样写的："旧为蝶类之总名，今动物学家区别之，定为蝶之一种。翅赤黄有黑纹，外缘凹凸如波纹，黑蓝两色相交错，下面灰褐色。其幼虫色黑，背有甚阔之白线二，多黑刺毛，栖集于柳朴等树，为害虫。"从这则描写可以看出，所谓的"仙蝶"也不过是一种普普通通的蝴蝶而已。

虽然"仙蝶"不仙，但"黑蝶"着实能"揭黑"。事见《清稗类钞》中的一条记录，这还是发生在20世纪初的欧洲的一件真事。"据路透社电，有黑蝶破案奇闻"。此事发生在奥地利维也纳，有一位施洛夫人和她的18岁爱女住在一起，有一天竟然在家中遇害。当警方勘查现场时，发现一只蝴蝶在两具女尸附近飞来飞去，看上去很像是葬礼仪式上的装饰品，令人感觉非常晦气。很快，不知什么时候又突然消失了。等到举行葬礼时，在棺材即将下葬的一刻，"蝶复见，先绕女棺"，然后突然在一个前来吊唁的宾客头顶绕着飞。那宾客脸色大变，神情慌张地扑打不已，却"挥之不去，而旋绕愈急"，最后只好落荒而逃。在场的人们觉得不对劲，向警方报告，最终将此人——也就是杀害施洛夫人母女俩的真凶捉拿归案。郭则沄不禁感慨：原来冤魂附在其他生物上报仇之事，"欧洲亦有此等异事耶"。

当然，就其本质而言，破案擒凶的"黑蝶"和征祥兆灾的"仙蝶"，表达的是完全不一样的情愫……无论是"缘起"于国破家亡的忠魂所化，还是以死来证明和珅的奸佞贪腐，抑或在庚子国变之后寥寥无几的若隐若现，都是文人们"借物喻事"的表达。而这种"强加于蝶"，归根结底是因为人们面对国事不堪的种种悲哀与无奈——但凡人们对残破的现实有一点儿破解的办法，谁又会让一只小小的蝴蝶来当历史的验证码呢？

七、"铜镜为妖"的几个先决条件

铜镜在我国很早便出现了。如在河南省三门峡市上岭村虢国古墓群便发现过三面"春秋镜",它们大约是前8世纪初到前7世纪中叶的产品。中国的铜镜绝大部分是圆形的,这是因为中国古代哲学认为天圆地方,铜镜只有在有光的地方才能照出人影,光就代表太阳与上天,所以镜子大多设计成圆形。而对今人来说,镜背上雕刻的龙、凤、走兽、花卉等图案,其实更具有相当高的艺术价值。但不可忽视的一点是,由于冶金技术的粗糙、磨制效果的不良,早期人们制造出的铜镜往往会把人的面孔照得扭曲古怪,跟"本来面目"形成巨大差异。加之古人的光学知识不甚完备,便对铜镜产生了某种畏惧感和灵异感,甚至觉得它可能就是妖怪的化身。

1. 说话不算话招致"镜妖报复"

在古代笔记中,"铜镜为妖"的故事中最恐怖诡异的一篇,当属清代学者王士禛在《池北偶谈》中的《荆州镜冤》。

有一天,有个荆州的无赖给家中菜地筑一道围墙,因白天劳累,晚上早早就睡下了。在梦中他梦见一美女,对他再三叩拜道:"我在地下已经数百年了,即将修炼得道。但明天会遭遇一个大劫,只恐劫数难逃,只能请你搭救。我胸前有一枚古镜,你千万不要拿走,只要你将我重新掩埋,我一定会重重地报答你。"

第二天一觉醒来，这无赖回忆梦境，"觉而历历能记"。于是便来到昨天筑墙的地方，拿着锹镐往下面挖，"未丈许，果得一棺"。那棺材早已腐烂，应该已经埋了数百年。无赖很容易就打开了棺材盖，发现里面果然躺着一位女子，"古妆靓服，颜色如生"。最引人瞩目的是她胸前挂着一枚铜镜，"方圆数寸，寒光射人毛发"。无赖想起女子在梦中对自己的嘱托，便要将其重新掩埋。谁料家中的仆人在旁边说："这必定是一面宝镜，何不取走呢？"于是无赖便将铜镜从女尸胸前摘下，瞬时，女尸好像一阵风化成了灰烬……

当天晚上，无赖再一次梦见了那女子。女子哭哭啼啼地说："百年修炼，终被你所毁，但这都是劫数，我也不怪你，你只要珍护好那面铜镜，我一定会继续保佑你的。"从此无赖每天擦拭那面铜镜，奉如神明，铜镜中也不时发出声音，闪过奇怪的影像。

有一天，无赖正在擦拭铜镜，镜中突然出现了梦中女子的身影。只听女子说："杨嗣昌督师开府江陵，目前正贴出告示，召集人才，这是获得功名的大好时机，你赶紧去献计献策，我会助你一臂之力！"无赖"遂往上谒"。此时，杨嗣昌正被李自成和张献忠搞得焦头烂额，见到他便问有何平定义军的良策。这无赖一向不学无术，别说兵书了，大字也不认识几个，这天却不知怎么的，嘴巴就好像长在了别人身上，"谈兵料敌，高议纵横，不可穷诘"。杨嗣昌深为他的才华所折服，"延致幕中，每有戎机，辄与参决"。随后又上报给崇祯皇帝，举荐他为官。

这无赖兴高采烈，认为都是铜镜带给自己的好运气，不禁趾高气扬。这一天，那个撺掇他摘取铜镜的仆人犯了点儿小过失，无赖一怒之下抽了他几鞭子。本想小惩，谁知打到要害，竟将他打死了！无赖吓得不行，唯恐自己即将到手的功名被这人命官司毁了。正手足无措之时，铜镜中突然再次浮现出梦中女子的身影："没事的。你把尸体装进车内，拉上车帷，运到山里偷偷埋掉，我会保护你全程不被人发现。"于是无赖装尸上车，当走到军营辕门之时，忽然车子里往外涌出大量血水，士兵们惊恐万状，拦住那车，掀开车帷，发现了里面的尸首！

士兵们扣押了无赖，将他交给杨嗣昌。杨嗣昌查问他究竟是怎么回事，谁知一向能言善辩的他却张口结舌，仿佛换了一个人。杨嗣昌再问他军事问题，"亦懵然不复能对"。杨嗣昌大怒，问他怎么回事。无赖只好承认都是铜镜中的女子所教，"公命取镜，镜忽作大声飞去，自是女子不复至矣"，而那无赖也最终病死在狱中。

随葬之物，取而不吉，何况是一面铜镜？真不知道这无赖是怎么想的。最终还是和他的仆人一起，被镜中的女妖坑了个尸骨无存。

2．不听老人言招致"元气大伤"

相比《荆州镜冤》中的铜镜之厉，清代学者尹庆兰（长白浩歌子）所著《萤窗异草》一书中的铜镜，显得更"妖"一些。

说有个名叫俞逊的人，入沈家为赘婿。"妻沈氏，美姿容"。两口子结婚后，真是琴瑟和谐，从无龃龉事。亲戚们之中有家庭不和的，往往会拿这对夫妻做典范，且"多称羡之"。沈家藏有一面铜镜，据说是唐宋时代的器物，从不肯轻易示人。俞逊本就是个好古之人，多次向妻子讨来一观，妻子却不肯给他。

一天深夜，有盗贼潜入沈家，偷走了一些东西，其中就包括那面铜镜。不久，俞逊到集市上溜达，见一老翁正在卖一面铜镜，"体制绝古，不似近今所铸"。再一问价格，并不贵。俞逊便掏钱买下，带回家中。回家之时，俞逊看到妻子正在对着镜子梳妆，便偷偷走到她身边，突然掏出自己刚刚买的那面铜镜说："你家那块废铜，当个宝贝似的不让人看。现在我也买了一面，便宜得很，看看跟你家那面铜镜相比如何？"妻子一见，大惊失色："这正是我家丢失的那面铜镜啊！你从哪儿买来的？"俞逊"亦愕然，始以实告"。妻子拿起那面铜镜照着自己，最开始还没事，但很快便满脸恐惧地大叫起来："你是什么人？"谁知镜子也吼叫起来："你是什么人？"妻子吓得一屁股坐到地上，把镜子扔出老远喊道："哎呀吓死我了！"那镜子亦大喊道："哎呀摔死我了！"

俞逊大惊，捡起铜镜一看，"镜中立一美人，修眉广颐，艳丽独绝"。他壮起胆子问镜中美女她到底是谁？只听那女子道："我乃五代时期朱全忠的宠姬。全忠为后唐所灭，我也死在乱军之中。后来遇到神仙，用我的血和铜铸成此镜，魂乃附焉，距今已数百年矣。闻郎君古雅，希望供您把玩。"

俞逊从地上搀扶起妻子，只见镜中女子唱起歌来，"其声娇细而簌簌可动梁尘"。接着女子又慢慢脱下衣服，只见她"体洁白如玉，先裸而后舞，折腰曲腕，献眉呈身"。睹此艳舞，俞逊夫妻"情不自禁，竟下帷欢好"，从此房事日频。不久俞逊便元气大伤，病体支离，竟到了奄奄一息的地步。老岳父知道后，立即夺走那面铜镜，然后对女婿说："当初不让你看这面镜子，正是因为其中妖孽害人无数。因为是祖先流传下来的，我才不忍砸碎它，你们怎么能日夜把玩！"说完便将其放进铁柜子里，上锁加封，又请来医生给俞逊治病调养，"半岁始痊"。

更有甚者，铜镜之妖，不一定非要揽镜自照才能害人，有时哪怕只是不小心"看到了"，也会遭遇囹圄之灾。

如明代学者刘忭在《续耳谭》一书中，曾写过一篇明宪宗成化二十年（1484年）的故事。当时，宿州一农夫耕田，挖到一座古墓。他发现其中有一面铜镜和一座灯台。因年代久远，镜子生了一层厚厚的铜锈。他把镜子打磨了半天，待依稀可以照出影像时，突然发现镜子中照出了"一人僵卧，犹带弓矢"。立刻吓得这农夫把铜镜扔了，惊魂未定之时他又捡起铜镜看，"又见农家室户，男女宛然"。农夫觉得此镜定是个妖物，弃之不顾，只把那根灯台带走，卖给当地一个富翁。在售卖时，又随口聊起了铜镜之事。富翁将灯台放在客厅，"是夜，灯台发光如昼"。富翁知道这是个宝物，就献给地方官，那地方官为了讨好上司，又献给大学士万阁老。万阁老想将其呈给明宪宗朱见深，又觉得最好跟那面铜镜一起，凑成"一套"，便下令寻找。于是当地官员倾巢出动，找到那个农夫，追索那面铜镜，最后却根本找不到。结果他们把农夫关了三年，直到万阁老下台，方才获释。

此事在明代学者黄瑜所著《双槐岁钞》中亦有记录，只是更详细一些：富翁将灯台赠给的地方官乃是四川崇庆州举人万本，万本的叔祖乃是明宪宗的内阁首辅万安，可见此事不虚。

3．私占他人物招致"拷打而死"

铜镜成妖这种"诡谲"流传颇多，以致人们虽然难辨真假，但对来路不正的铜镜多敬而远之。可是偏偏有些特别贪婪的人，想方设法要将其据为己有,结果惹来杀身之祸。

明朱国祯所著《涌幢小品》中便有这样一则故事:嘉州渔人王甲,"世世以捕鱼为业,家于江上,每日与妻子棹小舟往来,网罟所得,仅足给食"。这一天,他突然发现水底有一物,"其形如日,光彩赫然射人"。他撒下渔网,捞上一枚古铜镜,这铜镜径圆八寸许,上面雕镂琢刻着一些花纹或字迹,但磨损太重,无法识别。既是古物,想必值一些钱,王甲便拿着它回到家中。

谁知,他的命运就从这天开始发生神奇的逆转,他捞鱼网网有,种地地丰收,做生意就赚个钵满盆满。仅两年时间,如"天运鬼输"一般,家里的银子堆得几个屋子都装不下。那年月也没个什么期货可以炒,王甲夫妇每天坐在家里望着堆积如山的银两发愁。王甲对妻子说:"从我祖父那辈子开始,我家都是以打鱼为生,每天往多了说能挣几百钱就了不得了。自从获得那面古铜镜以后,每日所获何啻千倍……我只是个普通人,突然暴富,这未必是什么好事。俗话说'无劳受福,天必殃之',我们现在挣到的这些钱,已经几辈子都花不完了,再多恐怕就会带来祸患了。我觉得那面古铜镜不宜久留,不如带到峨眉山的白水禅寺去,献给佛堂,你看如何?"王甲的妻子也是个胆小之人,便同意了丈夫的话。几天后,王甲带着古铜镜上了峨眉山,来到白水禅寺,把它交给住持,并讲明献宝的前后经过。住持说:"这么说来,这面古铜镜乃是天下至宝,那么就供奉在佛堂里吧,相信佛祖一定会降福于你的。"

王甲回到家,不但没有得到"降福",反而做生意赔了大钱,随后家中又遭了贼,生活渐渐陷入贫困。两口子一商量,觉得都是因为捐出了那面古铜镜所致。于是王甲再次去白水禅寺讨要古铜镜,住持说:

"我就知道你早晚会来索要铜镜的。我是出家人，视色身非已有，何况是一面铜镜呢。"说完就将古铜镜还给了王甲。但王甲家里的日子并没有任何好转。一段时间之后他才听说，在他当初献出铜镜的当天，住持就"密唤巧匠写仿形模"，铸了一面一模一样的铜镜。等王甲上门索要时，还给他的乃是赝品……但王甲苦于没有证据，只好认倒霉，踏踏实实地继续过打鱼的日子，倒也渐渐恢复了小康的生活。

恰好朝廷新派遣了一位地方官到嘉州任职。这地方官奇贪无比，听说有面能带来好运的古铜镜在白水禅寺住持手里，便派遣酷吏逼索。长老拿不出，被拷打而死，接着整个白水禅寺被抄了个底儿朝天也没找到。后来地方官才得知，住持见大事不妙，偷偷派遣亲信带着那面古铜镜潜逃了。于是又查找那个亲信，方知他半路在山谷遇到老虎，差点命丧虎口，在奔逃中将古铜镜丢失，早已不知所终。

直到隆兴元年（1163年），还有人在嘉陵见到过王甲，六十多岁的他仍然在打鱼。虽然没有了古铜镜带来的富甲一方，但身体健壮，家庭和睦，算得上是"晚年美满幸福"。

铜镜就是铜镜，自然不可能为妖为害。古代笔记中的这些故事大多包含某种劝喻之意，劝人要言而有信，劝人要房事有节，劝人要取之有道……生活中有很多的不确定性，就像并不平整的铜镜中照出的并不清晰的影子。面对这种情况，古人认为凡事不应太盛、太盈、太满，尤其不可将非己之物占为己有，否则就会"大事不妙"。

八、"厌胜"到底是个什么东西?

"厌胜"是什么?在我前些年出版的一本推理小说里,曾提到过"厌胜"之术。所谓"厌胜",就是木工在建造和装修房子的过程中,通过在房屋的梁、柱、槛、壁等不易被察觉的暗处置放木偶、符咒、鬼物等;在某些通风的地方打孔;在涉及房屋安全的地方做手脚,导致居住者生病、发疯,乃至屋毁人亡、家庭败落的可怕手段。

小说出版后,我的父亲细细阅读了一遍,感到非常惊奇。他告诉我,其实亲戚家中曾经遭遇过"厌胜"侵扰。这让我大吃一惊,便想得知详细情况。

父亲说,那是多年前的事情。辽宁老家的一位远亲本来日子过得很好,却突然有一天开始摊上各种倒霉事:家人接连生病、家里各种不顺……随之,家道逐渐开始败落。不久,他们在拆解一个旧炕柜时,竟然发现最里面的凹槽里藏着一只箫和一把生满黄色锈斑的凿子。其中,箫浑身是眼儿,吹出的声音凄厉;凿子则多是用来挖槽打孔。在当地,这就预示着谁拥有这个炕柜,谁家的日子就会过得千疮百孔。

1. "厌胜"之诡:一块孝巾裹砖头

"厌胜"缘起于何时,今天已无从考证。但是与其存在"近亲"关系的巫蛊魇镇,可是远在西汉年间就惹出过大乱子,这就是著名的"巫蛊之祸"。最初,只是汉武帝的宠臣江充派人把木头人埋在宫殿里,最后竟闹出了武帝和太子刘据骨肉相残的惨剧。

古代笔记中出现"厌胜"的较早记录是南宋学者洪迈在《夷坚志》中记载的一则故事：中大夫吴温彦在常熟建了一套别墅。"建第方成，每夕必梦七人衣白衣，自屋脊而下"。吴温彦觉得此梦不祥，就告诉了家里人。不久他突然患了重病，其子觉得这一切可能与新房子有关，就指挥家中仆人开始拆墙揭瓦，结果真的找到了七枚纸人。原来是盖房子时的泥瓦匠觉得吴温彦给的工钱少了，"故为厌胜之术，以祸主人"。吴家赶紧报官，郡守"尽捕群匠送狱，皆杖脊配远州"。

洪迈在文末写道：吴地有个风俗，每当盖房子盖到覆瓦这个阶段时，"虽盛暑，亦遣子弟亲登其上临视，盖惧此也"。而吴温彦是德州人，不知这一风俗，"故堕其邪计"。

明代学者谢肇淛在《五杂俎》中也印证了洪迈的观点："木工于竖造之日，以木签作厌胜之术，祸福如响，江南人最信之，其于工师不敢忤慢。历见诸家败亡之后，拆屋梁上，必有所见。"意思是说在江南一带，厌胜是木工常施的法术，十分灵验。一旦哪个家庭突然走向衰败，在拆屋时必然能见到梁上放置着什么奇怪的东西。

有人可能会问，木工本来是替别人盖房修屋制作家具的，为什么要采用厌胜之术呢？这是因为古代木工的社会地位很低，除了有工程时能吃顿饱饭，平日里连吃糠咽菜也没法保障。而且，在建造房屋时出现工伤什么的，只能自己扛着。而工程结束之后，赶上主家是有权有势的，很可能还会克扣工钱。结果就是有些木工盖了一辈子房屋、装修过无数豪宅，自己到老都住不起一处蜗居。正所谓"淘尽门前土，屋上无片瓦。十指不沾泥，鳞鳞居大厦"。所以他们的心理很不平衡，因此便通过厌胜之术来报复主家、损毁房屋——这就是所谓的"没有无缘无故的爱,也没有无缘无故的恨"。

因此我们在古代笔记中便经常见到,记录木工施行"厌胜"之术的"合理性"。比如,清代慵讷居士在《咫闻录》中写过:黔中大户周瑞如,家中大门年久失修,朽败不堪,只好请来工匠重新建造。但他"刻薄待匠,锱铢较量"。工匠在计算原料和人工费用时,本来都有自己的算法,而周瑞如仗势欺人,"合其意用好算,不合其意用恶算"。工匠又岂能不横生报复之心?

而这种报复,无疑是可怕的。明初学者陶珽在《说郛续》一书中,曾经引《西墅杂记》里所记:有一家姓莫的,"每夜分闻室中角力声不已,缘知为怪"。他找人用了许多禳祷的办法,毫无收效,不得不把房屋彻底拆除。结果发现"梁间有木刻二人,裸体披发,相角力也"。还有一家姓韩的,自从全家搬入一栋大宅,"丧服不绝者四十余年"。直到有一天,狂风暴雨吹倒了一面墙,才发现墙里藏着一条裹着砖头的孝巾,乃是营造这座大宅的木工所下之厌胜,意思是"砖(专)戴孝"……总之,就像埋下不同的种子会收获不同的果实一样,木工选择哪一种厌胜之术,就是希望主人家倒哪一种霉:在木偶身上刻符画咒后藏于房梁,夜里就会有恶鬼袭人;将妓女的头发用红绳扎成一束埋到土里,年轻的男主人就会时常梦遗、淫乱甚至乱伦;装修时把室内顶棚打造成枷锁的模样,就会让主人家吃官司。

2. "厌胜"之害：木偶为官作祟狂

然而"厌胜"之术并不只会加害房主，一旦被发现，那么很可能工匠本人也会遭到惨报。清代学者徐承烈在《听雨轩笔记》中，便写过两个比较完整的"厌胜"之术的故事，且都提到过这一点。

徐承烈的一位长辈，因为"慕村居之乐"，就在乡野间造了一栋别墅，并移居其中。这之后，他便"心渐昏沉，唯事酣睡"。有时候客人来拜访，对谈时他也是一副神情恍惚的样子，所答非所问。刚开始人们都以为他是"造屋用心太甚，血减神疲故也"，但吃了很多药都不见效。他的妻弟王某便怀疑姐夫是中了"厌胜"之术，遂拿了一面镜子，"遍索室中"。最终在中门上的横枋内找到一片纸，上面写着一个"心"字，而四周"以浓墨涂之，如月晕然"。王某当即将这纸片焚烧，与此同时，下"厌胜"之术的那位工匠正在酒馆吃饭，"忽一黑圈自空而下，直套其身，即疾癫狂，终身不愈"。

另外一事，则发生在浙江余杭。有位姓章的造了一座新宅，白天一般都住得好好的，但每逢"中夜常见吏役无数，排衙于堂，一官中坐，诉讼纷纭"，好像是在断案。章某想不到自己的新居什么时候被官府征用做了公堂，十分生气，遂大声斥责。那些吏役和官员听到立刻隐去，少时又再次聚集，每次都要折腾到五更天。从此以后，章家便陷入了一个接一个的麻烦，经常因为各种原因被邻居、亲属或者生意人告上官府，经年不休。有清一代，诉讼最是坑人，尤其被告更是如此。官员讼棍刀笔吏，都像刮骨剥皮一样地反复敲诈，章家很快被折腾得奄奄一息。

有一天，一位老朋友来探望章某，酒酣耳热之间，章某说起家里的变故和每晚的异状，不由得涕泗横流。朋友"胆气素豪"，而且精于使用袖弩，便提出帮他铲除妖孽。当晚，朋友将弩箭的箭头用猪羊血蘸了，在客厅的帷幕后面设了卧榻，"倚枕以俟"。当夜二更后，"果有小人数十，长二寸余，自柱间出"。接着，这些小人很快就长到尺许身高，"为吏为役，分列两行，吆喝之次"。正热闹呢，一个戴着纱帽、穿着蓝色官袍的家伙"自正梁坠下，坐于胡床上"，耸了耸鼻尖说："这屋子里怎么有生人气？赶紧给我把奸细抓来！"他这一声令下，那些吏役们迅速展开搜索，发现了帷幕后面的人，但"十余辈奔至榻前，逡巡不敢上"。当官的勃然大怒，亲自指挥吏役们登榻。榻上的那位朋友用袖弩瞄准那官员，"暗发一矢"，正好射中心脏，倒地而亡。众吏役见状一哄而散，"至柱间而隐"。

朋友从榻上下来，捡起那"官员"一看，不过是寸许大的"纱帽蓝袍"木偶。天亮之后，他叫醒章某一起拆掉柱子，结果发现柱子的下面是镂空的，内"藏有小木人无数"。而在房梁与横枋的交缝处还有一个较大的空隙，应该就是藏那个官样木偶的。章某非常生气，把修建房子的工匠叫来质问，工匠只推说是其他工友所为，跟自己无关。章某遂当着工匠的面将那木偶付之于火，"匠归，心痛数日死，其后此屋无他异，讼事亦结云"。

在章某家被施"厌胜"这则故事里，并没有讲到工匠何以下"厌胜"，但是徐承烈在文末写了这么一句话："予以为工匠魔魅之术，固可痛恨，然亦由于造屋者待刻薄而然。"话里有话，似乎是章某克扣了工匠工钱导致的自食其果。

3．"厌胜"之消：人不信邪邪不生

鲁迅先生曾提到过一曲太平歌诀："人来叫我魂，自叫自当承。叫人叫不着，自己顶石坟。"这也恰是古人为了对抗妖法的一贯态度。这就是只要我揭穿了你，你施加给我的祸患都要"还施彼身"。

也正因此，工匠们每次下"厌胜"之术时都存了一份小心，提防被当面揭穿，所以就要有一套随机应变的"找补之术"。比如前面提到的《咫闻录》中所记周瑞如一事还有个后续。那工匠被周瑞如克扣得太惨，怒从心头起，于是"将朱漆竹箸数十枝，遍插土上，以土掩之"，希望能用此种方法让周瑞如倾家荡产。谁知正要做最后一道程序——念咒语时，恰好周瑞如出门经过。工匠万不得已，只好念道："一进门楼第一家，旗杆林立喜如麻，人间富贵荣华老，桂子兰孙着意夸。"这一下子，先前所做的一切全都白搭了，祈祸反倒成了祈福，周家此后不仅太平无事，而且人丁兴旺。

几年后，周家的后门又坏了，周瑞如复请那工匠前来修缮。工匠想到上次下的"厌胜"之术失败，都在于临时准备太过匆忙，因此这次要提前下手。于是"刻木人一、木马一、碎米一撮"，等周家开始修缮后门时，他便把上述"厌胜"用的道具都埋在大门下面。周瑞如也知道自己没少克扣工匠，防着他下"厌胜"之术，一直在门房偷窥，见此情景，三步并作两步冲了出来。此时工匠已经禹步戟指准备念咒了，这时见有被"当场拿下"的危险，只好临时改词："赫赫阳阳，日出东方；公子封翁、米粟盈仓……"又是一通吉利话，结果等于又帮周家祈了一次福。

对于"厌胜"到底能不能真的作祟害人，笔者在研究了大量的史料笔记之后，结论是有些基于工程或物理的设计，可能真是会危害到人们的健康。比如，在房屋的隐秘角落开一空洞，导致对流风穿过时发出哭泣或鬼叫的怪声音，往往会扰得人整夜难眠神经衰弱；再比如，将顶梁柱的木料挖空，会导致在未来的某个时刻来一场屋倒人亡；如果将大量死亡动物的尸体埋在浅层的地方，便能让腐烂细菌引发居住者患上时疫……但塞几个木头人，半夜出来舞刀弄枪的就是胡说八道了。真要有这个本事，怎么能让英法联军到八国联军这一拨又一拨的侵略者安枕无忧地睡在我们的房屋里？

谢肇淛在《五杂俎》中也讲过一件他亲历之事：有一年他家造屋，聘请的老木工可能是怕他克扣工钱，一见面就自吹精通"厌胜"之术。谢肇淛对他说，既然你能作凶，想必也能作吉，如果你盖好屋子能让我家永远没有灾患，我给你十倍的工钱如何？老木工听后瞠目结舌，说自己做不到。谢肇淛笑曰："大凡人不信邪，则邪无从生。"

可是说来说去，工匠施行"厌胜之术"，固然有些是心理不平衡导致，更多实是被房主压榨克扣太狠引发的报复行为。害人者先害受害者，受害者返过头来又害害人者，最后成了冤冤相报没完没了的互害……中国几千年来因贫富差距过大而生成的"邪"，恐怕才是埋藏在万千广厦内最可怕的"厌胜"。

第三章　异兽篇

一、"最是阴惨"的虎伥究竟是个什么东西？

记得 2021 年 4 月时，曾有一则新闻，说有一只野生东北虎闯进黑龙江省密山市的村子里一通闹腾，最终被控制并送往饲养繁育中心。这个新闻在互联网上引起轰动，毕竟这只吼声如雷的猛虎跟动物园里的"大花猫"相比，前者才真正称得上是威风凛凛的百兽之王。

说来侥幸，这只老虎在村子里造成的唯一严重伤害，就是扑倒一名妇女，造成这名妇女肌肉损伤，但并无生命危险。

相比之下，在中国古代不绝于耳的"虎患"，才真的是尸骨累累、触目惊心。而按照迷信的说法，凡是被老虎吃掉的人都会变成伥鬼，伥鬼引诱其他人来被老虎吃掉，而这就是"为虎作伥"一词的由来。周作人曾经说："中国关于鬼怪的故事中，僵尸固然最是凶残，虎伥却最是阴惨。"道出的就是伥鬼自殒虎口，不但不知复仇，反而替凶手张目的可悲和阴毒。

1. 敲墙"短颈人"，癫狂真僮仆

论及对"伥鬼"一词的诠释，大概没有比清代学者俞蛟在《梦厂杂著》中的一段话更加准确和精妙了："凡遭虎啮而死者，其鬼名伥，隶事虎不敢他适。虎出为之前导，遇阱与伏弩，往往引避，恒于夤夜诱人开户而出，令虎攫之，或其人硕伟，虎不能攫，伥自后曳其足使仆，以奉虎。虎攫人，伥嬉笑随其后，为解衣带，虎俟裸而后食。"面对此种

居心歹毒、行事恶毒的伥鬼，俞蛟愤愤然曰："噫，伥故助虎为虐者也！夫人生前为人戕害，死而有知，必为祟以图报复。何以被虎啮者，其鬼不以为仇，反以为德？其愚实甚，而其莫可解也！"有人说伥鬼这样做的原因是"人死于虎，必待有踵而死者，魂始得投入人胎而复生人世，谓之替身，即谓之轮回"。俞蛟却认为这只是荒唐之言，绝不可信。

俞蛟是会稽山阴（治今浙江绍兴市）人，在他们当地的平水村有座古刹名曰显圣寺。当地有个姓吴的农民，因租了寺庙的田地耕种，遂在附近一座土屋居住。一天深夜，忽然有人在墙外呼唤他的名字。吴某问是什么人，回答说是他家的邻居。然后又说："汝妻患心疾垂毙，浼予传语，当促归勿缓。"吴某说野外多虎，明早我再回家吧。那人说我岂不知道野外多虎，之所以冒险赶来，实在是情况危急，没想到你这个当丈夫的都不如我这个外人在乎家人的性命！吴某一听，赶紧披上衣服，打开家门。却见那人已经前行，"惟灯光隐隐可见"，远处还传来呼唤声，吴某急忙跟上……第二天一早，人们发现"途次血肉狼藉，吴某衣履宛在，知遭虎啮"。而他的妻子听说凶讯，哭着赶来，说昨天自己并没有发生心疾，也没有劳烦邻居传话，"皆伥之幻为也"！

《子不语》中亦写过伥鬼诱人之烈。故事说新安县有个名叫程敦的书生，有亲戚在深山中建造了庄园。因"后圃园亭颇有幽趣"，程敦便前往游玩。到了晚上，主人特地命人将庄园的门锁上，"盖其地有虎也"。这一日初更时分，月色微明，狂风骤作，突然一个僮仆要出庄园。大家问他去做什么，他又说不出来，大家怎么都劝他不住，便报告了主人，主人亲晓谕之。僮仆不得已，便要翻墙而出，但由于围墙太高，他怎么都翻不出去。就在这时，忽然从墙外传来了隐隐的虎啸声，主人让人抓住那个僮仆，不许他动弹，僮仆发了疯一样癫狂号叫。程敦心知有异，登上一座小楼往外望去，只见有一个短颈人在垣外以砖击墙，"每击，则此僮辄叫呼欲出，不击乃定"。程敦赶紧告诉主人，一切都是伥鬼在作怪，干脆把僮仆绑缚起来，"至五鼓，此僮睡去"。天蒙蒙亮时，程敦和主人再一次登楼观望，"见一虎自西边丛薄中跃去，而伥不复见矣"。

2．身遭虎所啮，抚虎犹恸哭

伥鬼的阴惨，有时真的是不能细想，因为越想越觉得不寒而栗。

《右台仙馆笔记》中记载，西湖五老峰上相传有虎穴，不过很少有人真的遇到过老虎。道光年间，有个姓高的人看中了那附近的一块风水宝地，便打算在那里修建坟墓。谁知工程快要完工时，忽然听到一阵比一阵猛厉的虎啸声。结果，工人们吓得全都逃走了，墓地也自然就烂尾了。高氏十分生气，"募求能得虎者"。恰好旁边有座翁家山，山中人多膂力，这些人便集体应募捕虎。他们先是在老虎出没的地方设下涂了剧毒的巨弩，然后一个人在树上观察动静，其他几十个人则手执火枪在山下埋伏。他们事先约定，只要警哨发现老虎的踪迹，就点燃爆竹，山下的人迅速上来相助。这一天，山中遥遥传来老虎的吼叫声，树上的警哨瞪大了眼睛观察，发现有个伥鬼先从树林中钻出。只见他来到伏弩之处说："此不利于大哥。"将伏弩转移到其他的地方后，就往前走了。警哨俟其去远，跳下树来置弩如故，然后又重新爬上树去。不久，老虎来了，"触机弩发，虎中其毒死"。伥鬼闻声复还，见虎已死，抬头又发现了正在树上的警哨,"踊跃欲上"。警哨吓得赶紧击石取火,点燃爆竹,顷刻间,噼里啪啦的声音响震山谷。山下所伏之人一拥而上,火枪齐鸣,伥鬼才仓皇逃去。

我不知道读者看到"踊跃欲上"四个字时是什么感受。反正我读到这一句时,有一种看僵尸片的即视感。实在想不到伥鬼居然要替杀害自己的凶手报仇,这到底是一种怎样的脑回路?

与之相类似的还有《太平广记》中的一则。唐朝长庆年间,有个名叫马拯的人,"性冲淡,好寻山水,不择险峭"。这一日他在衡山祝融峰遇见一个名叫马沼的人,两人合力杀死了一只化成僧人的老虎,然后匆匆下山。路上他们遇到一个猎人,正在道旁设下弓弩。当时天色已晚,猎人便对他们说,山中多虎,你们现在下山会被吃掉,不如跟我上树躲避,我在树上已经搭建好了一座棚屋。马拯和马沼在悸怖之下,"遂攀缘而上"。夜深之时,忽见山路上走来了三五十人,"或僧或道或丈夫或妇女,歌吟者、戏舞者",真是各色人等齐聚。他们来到设下弓弩的地方生气地说,刚刚被两个贼子杀死了禅师,谁知又有人想害将军。他们把弓弩上的箭矢发射出去以后,才一起离开。猎人低声告诉马拯和马沼:"此是伥鬼,被虎所食之人也。为虎前呵道耳。"然后下树重新在弓弩上设好箭矢。就在猎人刚刚回到棚屋的时候,"果有一虎,哮吼而至,前足触机,箭乃中其三斑,贯心而踣"。又过了一会儿,那些伥鬼奔走而回,伏在老虎的身上大放悲声。马拯和马沼按捺不住,跳下树来大声斥责他们道:"汝辈无知下鬼,遭虎啮死,吾今为汝报仇,不能报谢,犹敢恸哭,岂有为鬼不灵如是?"伥鬼们这才醒悟过来,感谢而去。

3．虎毒不食子，伥毒狠过虎

不过，若论伥鬼之"阴惨"的登峰造极之事，得说是清代著名小说家吴趼人在《趼廛笔记》中讲的一则故事。故事是这样的：

广东清远的一个老翁，带着他的儿子来到佛山售卖一副完整的虎骨，"既得售主，交易毕，翁抚所获金而悲"。别人不明就里，问他所悲何事？他潸然曰："此虎已伤吾家三口，几灭门，幸而有今日，是以悲耳！"

原来，这老人有两个儿子，"长子死于虎，长子妇馌于田①，亦死于虎"。而老翁的老伴有一天进山打柴不归，第二天邻居在山脚发现了她的衣服，"血犹渗渗也"，估计也是被老虎吃掉了。当天晚上，老翁的小儿子便梦见了母亲。母亲告诉他："某山某树下，有窖金，掘而取之，一生吃着不尽矣！"醒来后，小儿子将梦境告诉了父亲。老翁说只是场梦，不要放在心上。谁知第二天小儿子又梦到母亲说："母命也，而以为妖耶？且吾亦何必诳汝！"然后命他傍晚前往藏金的地点，"吾阴魂当佐汝也！"小儿子只好依照母亲的吩咐，准备了楮帛（纸钱）上得山来，"将祭山神及其母，而后取之"。

就在快要到达藏金地点的时候，路边忽然转出一位老者，说天色渐晚，"山行多虎狼，子何冒昧也"？小伙子怪他多事，不予回答，继续前行。老者拉住他，"必不可往，往则祸作"！小伙子说我是奉母命前

---

① 即给种田的人送饭。

往，哪里会有什么灾祸！老者说你奉的什么母命，你母亲不是已经葬身虎口了吗？小伙子很惊讶，因为这个老者并不是本村人，如何能知道母亲的死因？便厉声诘问。老者说我不仅知道你母亲的死因，还知道你此去是想取窖金，不过只怕你是有去无回！小伙子大惊失色，说你怎么连这个都知道？老者指着旁边一棵古榕树说，你爬上去等一会儿，就知道我的意思了。

小伙子像猴一样爬到了树上，"俯视老者，已失所在，四顾了望，都无踪迹"。正惊讶间，"日既暝，忽闻虎啸声，木叶簌簌下"。小伙子"大惧，藏叶浓深处，窃窥之。见其母引虎至彼树下，彷徨四望，如有所觅，引虎与语，相去远，不知其云何矣，语未竟，虎咆哮怒吼，母抚虎项，若慰藉之者。虎少驯，母复徘徊瞻眺，啾啾作鬼声，虎又咆哮，如是竟夕"。一直等到村鸡远唱，其母才带着老虎离去。小伙子下了树，双腿战栗，不能动弹，"疑老者为山神而感之也，焚所携楮帛以谢之"。然后便踉踉跄跄逃回家。他跟父亲一说，父子俩遂"相戒不复入山"。谁知，当夜那老虎竟进了村里直扑其家，父子大惧，计无所逃，多亏院子里有两口水缸，他们藏在里面，"俄而虎竟毁门入，鬼声啾啾，若为之导"，但终于没有找到人而离去。天亮以后，村民们都来慰问，父子俩从水缸里爬出，说明事情原委。村民们齐心协力，设下陷阱，在老虎又一次袭进村落时，铳弩齐发而毙之——老翁在佛山所售之虎骨，即由此来。

俗话说"虎毒不食子"，而伥鬼之厉，竟还在老虎之上，仿佛不引导着仇人把自家灭门就誓不罢休似的。伥鬼的现实之喻，显而易见，就是苏轼在《渔樵闲话录》中所言"巧诈百端，甘为人之鹰犬以备指呼，驰奸走伪，唯恐后于他人"之辈。而吴趼人的指向则更加明确："吾独怪夫今之伥而人者，引虎入境，脔割其膏腴，吮食其血肉，恬不为怪，且欣欣然自以为得计者。"联想到《趼廛笔记》成书的时间，正是列强瓜分中国尤为酷烈的年代，便可以知道吴趼人所痛斥的"人其面目，而鬼其肺肠者"，究竟是哪路货色了！

二、《大鱼海棠》里没有提到的那些古代大鱼

众所周知,《大鱼海棠》这部电影取材于《庄子·逍遥游》中的"北冥有鱼"这一篇——说是取材,其实基本上是芥子里寻须弥,即在只言片语中衍生出的一个全新的神话故事。神话是一个民族的童谣,关于大鱼的记录也一样。我们可以发现,大鱼的传说在宋朝以前的笔记中不仅多见,而且还笼罩着一层神秘色彩;宋朝以后的笔记中就变得稀少而且有板有眼了。一如成熟的重要标志之一就是脚踏实地,不再浮想联翩——虽然这挺没劲的。

1. 大鱼往往是凶兆

在汉魏六朝时期的笔记中,大鱼不仅够大,而且够奇,随便抓出一条都是个"午夜故事"。比如,东方朔所撰《神异经》里就记载过一种横公鱼,"长七八尺,形如鲤而赤",从个头来说不算太大(按照汉尺计算,长度大约1.84米)。但这种鱼白天是鱼,夜里化为人。即便有那胆大力壮的渔民捕到了,也是没辙。因为其"刺之不入,煮之不死",唯一的办法是在煮鱼的锅里放上两枚乌梅,才可让其乖乖接受烹饪,而且"食之可止邪病"。

西晋张华所撰《博物志》,还专门辟出一篇写"异鱼"的。其中记录了东海的一种牛体鱼,"其形状如牛"。如果将其皮剥下悬挂起来,"潮水至则毛起,潮去则毛伏",真是颇有点"鱼灵感应"的意思。

相比上面这两篇，西晋崔豹所撰《古今注》里记载的才是真正的大鱼："鲸鱼者，海鱼也，大者长千里，小者数十丈，一生数万子。常以五月、六月就岸边生子，至七八月，导从其子还大海中，鼓浪成雷，喷沫成雨，水族惊畏，皆逃匿莫敢当。"这份记录中除了鲸鱼大的有千里长比较扯之外，其他的也算是比较真实。

不过，见到大鱼或捕到大鱼，对于古人而言，往往不是什么吉兆。如《史记·秦始皇本纪》中写嬴政游东海，"至之罘，见巨鱼，射杀一鱼"，之后很快就生病死去了。

而这只是亡身，更加糟糕的是亡国。

如东晋学者干宝在著名志怪笔记《搜神记》里记述：汉成帝永始元年（前16年）春，"北海出大鱼，长六丈，高一丈"，且一共捕到了四条；汉哀帝建平三年（前4年），"东莱平度出大鱼，长八丈，高一丈一尺"，更是捕到了七条，但很快死了。汉成帝宠爱赵飞燕姐妹，荒淫无道，是西汉衰亡的起点；汉哀帝有断袖之癖，宠爱董贤，放任丁、傅两家外戚祸乱朝纲，致使皇朝病入膏肓……赶在这两个当口获得渔业大丰收，当然不是什么好兆头。西汉如此，东汉也一样，"灵帝熹平二年（173年），东莱海出大鱼二枚，长八九丈，高二丈余"。众所周知，汉灵帝是我国古代"亲小人，远贤臣"的重要人物。而这些，正验证了善于预测灾异的学者京房在《易传》中提出的理论："海数见巨鱼，邪人进，贤人疏。"

除此之外，在不该见到鱼的地方见到鱼，也不是什么好事。如《搜神记》里有记载：太康（晋武帝年号）中，有两条鲤鱼，不知怎么出现在了武库的房顶上，"武库，兵府，鱼有鳞甲，亦是兵之类也"。加上乌鸦嘴京房在《易传》中也讲过怪话："鱼去水，飞入道路，兵且作。"

惹得时人惶惶不安。果然没过多久,那个问饥民"何不食肉糜"的白痴皇帝晋惠帝登基,先是诛杀大臣杨骏,"矢交宫阙",然后又将皇太后杨芷废为庶人,活活饿死在金镛城,再往后是战火纷纭十六年、让无数黎民百姓蒙难的"八王之乱"……在干宝看来,这一切"都是大鱼惹的祸"。

2. 大鱼竟为魂所附

到了隋唐五代时期,历史笔记中的大鱼渐少,异鱼却开始增多。比如,唐段成式所撰《酉阳杂俎》中记载过一种"印鱼",其"长一尺三寸,额上四方如印,有字"。别看印鱼不大,但哪怕是最大的鱼见到它,也唯恐避之不及。主要原因是,这鱼专门负责下"病危通知书","诸大鱼应死者,先以印封之"。唐李冗所撰《独异志》中便写过一条白鱼,长三尺,可化作美女,"洁白端丽,年可十六七"。

不过因为我们这篇主要说大鱼,异鱼就不再赘述。下面继续说大鱼。

唐末五代杜光庭所撰之《录异记》里记述:"南海中有山高数千尺,两山相去十余里,有巨鱼相斗。"格斗中鱼须挂在山上,"山为之摧折",真是充满了好莱坞奇幻大片的既视感。

不过,这一时期令人印象深刻的大鱼,当属唐李复言所撰《续玄怪录》中的一则故事。故事说蜀州青城县主簿薛伟突然生病,人事不省,"连呼不应,而心头微暖"。一家人围着他,希望他能活过来,遂一直没有入殓。就这样一连二十多天过去了。这一日,他突然坐了起来,对着目瞪口呆的家人说:"看看我的同僚们是不是正在吃鱼。如果是,就让他们放下筷子过来,听我说一件新鲜事。"同僚们闻听薛伟醒了,都很高兴,马上一起赶来。薛伟慢慢地说:"渔夫赵干钓到一条巨大的鲤鱼,藏起来不卖给官府。被发现后,鱼遭到没收,他本人还挨了五鞭子,是不是?"大伙儿都愣住了:"你不是一直躺在病榻上吗?怎么会知道得这么详细清楚?"薛伟长叹一声道:"他钓到的那条大鱼,就是我啊!"

同僚们大惊失色。薛伟这才把事情的经过娓娓道来:"吾初疾困,为热所逼,殆不可堪。忽闷,忘其疾,恶热求凉,策杖而去,不知其梦也。"薛伟这样走出了县城,感到非常怡然自得,"其心欣欣然",恰似被关在囚笼中的野兽释放了出来。渐渐地,他走进了山中,山道崎岖漫长,有些闷热,于是便下了山,沿着江边行走,只见"江潭深净,秋色可爱,轻涟不动,镜涵远空"。看着这美景,薛伟突然想要游泳,遂脱衣放在岸边,跳下水去。

薛伟自幼游泳,成人后——尤其是当官以后,每日穿着官服,正襟危坐,再也没有游过。这时入了水,便觉得清凉彻骨,舒爽至极,不禁感慨道:"人生在世,原来还不如做一条一天到晚游泳的鱼快活!"话音未落,就有一个鱼头人身的家伙,骑着一条鲵鱼过来,宣读河伯的命令:"既然薛伟想做一条鱼,就将他化成一条巨大的赤鲤吧!"薛伟再一看自己"即已鱼服矣"!他丝毫不觉得这是什么坏事,反而因为身体的变化,游得更加欢畅,"波上潭底,莫不从容,三江五湖,腾跃将遍"。

玩归玩,肚子饿了还是件麻烦事。薛伟往前游,正好见到县里的渔民赵干在垂钓,"其饵芳香"。薛伟想,我到底是人,不过暂时穿了身鱼的外衣,怎么能吃他的鱼饵?可是肚子咕噜咕噜叫个不停,他又琢磨起来：我到底也是县里的主簿，就算赵干钓到我，岂能杀我？于是吞了鱼饵，被钓上岸。赵干见这么大的一条鱼被自己钓到，开心极了，"以绳贯我腮，乃系于苇间"。恰好官府派人来买鱼，他藏匿大鱼不卖，被搜了出来，挨了五鞭子。接着，薛伟被"拎"到官府后厨，放在砧板上准备宰杀。一时间，薛伟急得大叫起来，但厨子根本听不懂"鱼语"，"按吾颈于砧上而斩之"。就在断头的一刻，薛伟醒了过来，悟到自己因病失魂，竟魂附鱼身。

3. 大鱼原来是龙妻

北宋年间，对大鱼最"情有独钟"的学者当属刘斧，他在著名的笔记小说集《青琐高议》里，便记载了两则关于大鱼的故事。

第一则是他亲历的。有一年他在南通当狱吏，"秋八月十七日，天气忽昏晦，海风泯泯至，而雨随之"。当天夜里，海潮声好像万鼓齐鸣，隐隐地还传来一种十分诡异的声音，"若有数千人哭泣声"。第二天一早，人们发现沙滩上卧着一条大鱼，长百余丈，"望之隆隆然如横堤……喘喘待死"。岸上的居民们拿这条大鱼没有办法，结果等了三天还是死了，如果细看可以发现，在鱼的额上好像还盖着个朱红色的章，估计是被前面提到的"印鱼"盖的。可惜这么大的一条鱼，"身肉数万斤，皆不可食"，但是鱼油可以用来点灯。谁知转过年来南通发生瘟疫，人口死亡率接近50%，刘斧感慨"巨鱼死，亦非佳瑞也"。

其实稍加思索，就明白这条被冲上岸来的大鱼乃是一条鲸鱼，而且它的死和一年后的瘟疫完全没有关系。

第三章　异兽篇

相比之下，《青琐高议》里另一则关于大鱼的记录，则更加神奇。宋仁宗嘉祐年间（1056—1063年），广州一个渔翁在夜间打鱼时，"网得一鱼，重百斤"。等到带回岸上一看，发现这条鱼竟长了一张人脸，"腹有数十足，颈下有两手如人手，其背似鳖，细视颈有短发甚密，脑后又有一目，胸腹五色，皆绀碧可爱"。渔翁问了一圈同行，谁也不知道这是什么鱼。他只好带回家，放在庭院里，以一领竹席覆盖之。

"夜切切有声，渔者起，寻其声而听之，其声出于败席之下，其音虽细，而分明可辨，乃鱼也。"渔翁蹑足附耳听之，只听那鱼叹息道："因争闲事离天界，却被渔人网取归。"渔翁吓坏了。第二天一早，有个叫蒋庆的人来买鱼，渔翁赶紧把这条大鱼出手卖掉。蒋庆用一个巨大的竹笼将大鱼带回家，半夜听见那鱼又在嘀咕："不合漏泄闲言语，今又移来别一家。"蒋庆的妻子很惊讶，便跑来查看。只见大鱼说自己口渴，想喝水，蒋庆搬来一只巨盆，装上井水，把大鱼放在里面。没想到大鱼却还挑三拣四，说自己不喜欢井水，蒋庆只好又派仆人去海边运了海水过来，大鱼洗了海水浴，果然不说话了。

这天晚上，蒋庆喝了点酒，壮起胆子，拿了把刀来到大鱼面前说："鱼能说话，闻所未闻，你赶紧讲清楚你到底是谁，不然吃我一刀！"大鱼赶紧说："我是龙王的老婆，因为跟龙王吵嘴，愤然离开皇宫，想搬到岸边住，不意被渔翁捕捉。你要放了我，定有重谢！"蒋庆便将它带到海边放掉了。半年以后，龙王的老婆真的给蒋庆带来一串精美的珍珠，感谢他的救命之恩。

不难看出，这一时期，笔记中的"大鱼"已不再是早年被独立记载的个体了，而是成了小说或故事中的某种"道具"或"角色"。可是有趣固然有趣，却缺少了让人无限想象的空间。相较之下，南宋学者周密在《齐东野语》中的一则笔记，虽然高度写实，且没有任何杜撰的成分，但读起来反而让人心生豪放之气。笔记中说有个名叫莫子及的人，性情一向慷慨豪迈。此人当学官之后因言获罪，被贬到石龙（今广东东莞石龙镇）。他不像其他被贬官员一样夹起尾巴做人，而是买了一条大船，"泛海以自快"。他指挥着大船一直往北开，"海之尤大处也，舟人畏不敢进"。莫子及拔剑胁迫继续往前开，船夫只好听他的。突然，海面上刮起了大风，滔天巨浪像翻滚的小山一样涌来。波浪中，只见三条大鱼时隐时现，"皆长十余丈，浮弄日光"，船夫们"皆战栗不能出语"。而此时，莫子及却兴致大发，饮酒作诗曰："一帆点破碧落界，八面展尽虚无天。柂楼长啸海波阔，今夕何夕吾其仙！"

莫子及所追求的，与薛伟相仿，都是在官场混迹良久而心生厌倦，渴望如大鱼一般自由狂放的人生。当代人读《庄子·逍遥游》，总喜欢把"北冥有鱼"视作气势宏大、展翅高飞的励志象征，其实这是"满拧"的误会。殊不知庄子的本意是，一个人要想成为鲲鹏，不必有所作为，只要无所牵挂就好。

三、给古代笔记中的巨蝎"排座次"

我最近翻阅古代笔记时,突然发现一件趣事,那就是古人笔下的蝎子往往"一个赛一个的大"。虽然知道蝎子属于"五毒"之一,且无论毒性和模样都令人生畏,但难免令观者以讹传讹,无限夸大。但这种在个头上"竞相攀比"的情况,还真是罕见。于是笔者将所能收集到的古代笔记中的"巨蝎"来一个"比大小",看看最大的蝎子到底是哪一只。

1. "如鹅大"巨蝎饮血杀人

就笔者目前所查阅到的古代笔记,个头最"小"的巨蝎,出自《子不语》。书中说芮城有个乡民,夏天在路边买了碗面,因为天气太热,就袒胸露背地坐在石头上吃。"食未毕,忽大呼仆地而绝"。等旁边的人围过来一看,才发现死者后背有一个小洞,"深数寸,黑气泉涌,不知何疾也"。大家怀疑是卖面的人在面中下了毒,赶紧报官。县令赶到现场,怎么想都觉得吃面中毒不可能洞穿后背,便仔细观察。终于发现死者吃面时所坐的那块石头旁边有一道缝隙,"黑血流入罅中,其下若有呼喏声"。县令便让手下挖开石头,"下三尺许,石穴中有蝎,如鹅大,方仰首饮血,尾弯环作金色"。乡民们争相用犁锄击之,巨蝎被活活打死,这时县令再验死者背上的伤口,发现正好与蝎尾的大小和形状相当。

这里的巨蝎,"如鹅大",长度应该在60厘米到80厘米之间。

倒数第二名的"巨蝎"出自《聊斋志异》。说是明代将军彭宏征寇入蜀,来到一座深山之中。他看到一座完全荒废的大禅院甚为奇怪,遂问当地人原委,才知此禅院已经百年无僧,"寺中有妖,入者辄死"。彭宏猜测这可能是贼寇的巢穴,就带兵冲了进去。他们在前殿和中殿都没有发现什么异样,等到了佛阁之中,虽然空无一物,但每个进去的人都喊头痛。彭宏听说后,亲自提剑进去,也顿觉头痛欲裂。正困惑间,发现"有大蝎如琵琶,自板上蠢蠢而下",结果吓得所有人都大呼小叫地逃了出去。彭宏遂命令一把火烧了这座禅院,以绝后患。

这里的巨蝎,"如琵琶大"——成人琵琶的长度在1米左右。

倒数第三名的"巨蝎"出自西安的"蝎魔寺"。最早记载这一巨蝎的乃是明代学者陆粲所著笔记《庚巳编》,后来在《坚瓠集》和《续耳谭》等笔记中亦有转载和扩展。故事先说"西安有蝎魔寺,塑大蝎于栋间",然后便写了关于蝎魔寺的故事。相传在明朝初年有位女子做事比较笨拙,后来患重病死而复生。复生后的她仿佛变了个人一般,无比聪慧,且"以文史知名"。有位布政使丧偶后,便娶她为妻。一天,布政使正在办公,突然想起有件公文遗落在家中,让下属去取。那下属来到房屋门口,连呼"夫人",却无人答应。下属以为室内无人,便推门进去,但见"老蝎大如车轮,卧于榻",吓得他魂飞魄散,赶紧过来告诉布政使。布政使"不信,斥为妖妄",下属感到十分委屈,便跟布政使说,改天大人再下堂时,我们一起悄悄回去观看,就会知道我所言非妄了。布政使允之。后来过了几天,布政使"果见老蝎伏榻上,辗转间,又化为女形"。布政使正目瞪口呆,那女子已经款款步出房门,对他说:"身本蝎魔,得罪冥道,赖观音大士救拔,免死。因借女尸为人，幸获侍左右，望公建一寺，以报大士之德也。"然后女子飘然隐去，从此不再出现。布政使知道她并无害己之心，于是建蝎魔寺以祷之。

这里的巨蝎，"大如车轮"，明清两代的普通车轮，直径在1米左右，应该比琵琶略长。

2．两米长巨蝎被椒麻毙

倒数第四名的"巨蝎"出自慵讷居士的《咫闻录》。作者说这件事是他亲眼所见。"乾隆丙午，予随家大人至淮"，船快到金陵的时候，突然遇到大风，无法行进，便泊在舟山坳。这时，忽然见上游漂下来了一样物体，"长数尺，形类琵琶"，大家都不知道是什么东西，且因水流太快，也来不及细看。这个时候风向顺了，舟人解开缆绳，继续前行。走了数十里，忽见东岸上聚集了很多人。大家觉得新奇，不知道出了什么事，便让舟人靠岸。然后，"见沙滩遗一蝎壳，头如车轮，尾如鱼钩，身体失去，臭烂不可闻"。大家才醒悟到，刚才所见的那个从上游飘下来的物体乃是蝎子的身体。这时，有人提议距此不远有座禹王庙，可以一游。所有人便集体登岸，走到庙中。"见梁柱洞然，空灵如凿，匾额对联，字迹未损，笔画空处，亦朽坏"。大家惊讶，这座禹王庙怎么如此凋敝？当地人告诉他们，最近有只巨蝎藏在庙柱里，好几年间出没无常，经常祸害附近的生灵，搞得无人敢到禹王庙附近，"今滩上遗物，想是此怪也"！

此蝎的蝎体"长数尺，形类琵琶"，长度大约也在1米，但加上蝎头和蝎尾，估计会更长，故排名倒数第四。

倒数第五名的"巨蝎"出自《庸庵笔记》。据说在咸丰五年（1855年）夏，京师暴风雨。很多人看见一个穿红色衣服的小孩腾空南行，"迅雷闪电随之，声势惊人"。这小孩就这样飞了一天，一直飞到城楼上才停下。随后，只见这红衣小孩手执一帕，挥舞不已，头顶的雷声滚滚，旋绕左右，仿佛要劈到他，却总是劈不准。正好城下有一个猎户看到，便朝上面放了一枪。小孩听到声响，往下望去，"忽闻霹雳一声，则已坠死城下矣"。众人聚上去一看，"乃四尺长巨蝎也"。

四尺大约相当于现在的1.3米，肯定要比禹王庙之蝎更大。

然后是正数第三名，出自《萤窗异草》。故事里说，蓟郡有一座石桥，人们传言桥下藏有毒物，所以旅途上的人们都互相告诫，不要在附近休息。这一天，有个贩生椒的人，赶着两头驴驮着生椒而来。这时正值盛夏，虽然是晚上，但依然酷暑难当。小贩走得累了，便把驴背上装生椒的竹笼卸下来并放在桥上，从而让那两头驴喘口气。然后，他自己也披着衣襟，靠在桥栏上小憩，因为倦极的缘故，很快进入了梦乡。不过，很快他就感觉到"梦中似有风声，又窸窣作响"，因此一下子醒了过来。小贩怀疑是有人偷生椒，起来查看，见"有巨物悬于栏侧，状如琵琶，灰青色，乃一蝎也"。小贩吓得拔腿就跑。等跑出去很远，才发现那蝎子一动不动。便又壮着胆子走近一看，"则已为椒麻毙矣"！"惟是椒之为物，其气甚烈，蝎巨如此，当之辄毙。"小贩用一头驴驮着这只死掉的巨蝎回家，"首尾皆拂地焉"。

即便运输用的毛驴再小，其背高也当在1米以上。既然这只巨蝎能"首尾皆拂地"，可知其长度当在2米以上。

接下来是正数第二名的"巨蝎",这只巨蝎出自清代学者俞凤翰所著笔记《高辛砚斋杂著》。故事里说,在道光十八年(1838年)时,天津下大雨,平地水深达数尺。水退后,"见一巨蝎若骡,坠死野田中"。因此,时人都说这场大雨就是蝎龙相斗所致。此言虽荒诞不经,但如果一头蝎子有骡子那么大,估计体长已经超过2米了。

3. 禹州蝎子王:杀死"坏规矩"的采蝎药商

下面,最激动人心的时刻到了,即将为您揭晓的是此次巨蝎评选的"冠军获奖者",它出自清代笔记《秋灯丛话》。书中说,在四川松潘,有一猎户于山间行走,"见一青衣童子,背坐石畔,鹿过其前,战栗而毙"。猎户怀疑这是个妖怪,便"举铳击之"。顿时狂风大作,青衣童子立刻消失了。猎户循着踪迹找了许久,才发现有"一巨蝎死洞前,长丈二有奇"。

"丈二"相当于现在的4米。所以,这只松潘巨蝎堪称我国古代笔记中的"巨蝎之王"。

不过,在古代笔记中,真正的"蝎子王"其实另有所指。据《清稗类钞》记载:河南禹州盛产蝎子,"亦可为祛疯之药",所以湖北的药商纷纷前往采购。但是当地有个规矩,即采蝎只能来一次,不然就会遇害。因为据传,当地盛产蝎子的山上"有王长其群",这只蝎子王"大而最毒"。太平天国运动被镇压后,"鄂商至禹采蝎者益多,恒致巨富"。此时,有个药商十分贪心,非要挑战"只能采一次"的规矩。结果他第二次来采蝎的时候,夜里"忽暴风至,沙石为飞",无数的蝎子直扑旅馆，坏垣而入。人们大喊"蝎子王来啦"，纷纷奔走逃命。那个药商更是惊恐万状，但就是吓得一步都迈不开，所以只好把院子里的一口缸盖在身上。只见"蝎王绕缸三匝，乃出，风沙亦骤止"。人们战战兢兢地过来看时，缸早已瓦解，药商也已经一命呜呼。

可惜，没有关于"蝎子王"大小的描写，所以我们并不知单论体型，它能否与松潘之蝎一较高下。

不过，上述引用的古代笔记，很多一望即知是作者的杜撰，当不得真。相比之下，倒是《清稗类钞》中的另外一段记载，至少在"数据层面"上比较真实可信：某地的城门外有做土工的，挖出一只蝎子，"长近尺"。工人们立刻用锹将其压住，并呼唤同伴过来帮忙，谁知喊声很快就停了。众人围上来一看，发现此人满身青黑，早已断气。所以大家猜想是他用锹压住蝎子时，"蝎惶急刺锹，而毒即从锹而上也"。不过，铁锹的木杆不可能"导毒"，所以真实的情况恐怕还是那人不小心被蝎尾刺中，因中毒而死的吧！但是，这则笔记中有一个可取之处，那就是对巨蝎尺寸的记录是有比较符合现实的——长近尺，即33厘米。而目前世界上所采集到的最大的蝎子标本，长度为35厘米。

不过，古代笔记中何以会有那样多听来完全不可信的巨蝎传说？我想大概是源于人类的一种奇怪心理，即越是对自己的生命安全威胁大的物体，越容易让人产生无限夸张的恐惧，进而将其"神化"或"魔化"，并以讹传讹，越传越邪乎。如清末民初笔记《都门识小录摘录》曾记总布胡同炭厂内有一株老椿树，一次暴风雨后被雷击断了树干，"道路传言，中有大蝎毙于地，长二尺许，身作花斑色"。这一下子轰动京城，很多人都来围观。警厅派员调查后发现"椿折有之，大蝎则未之见"——

导致观者麇集蜂萃、扰攘累日的，竟只是一个谣言。难怪《都门识小录摘录》的作者蒋芷侪感叹："可知天下事之真怪者，十不获一二，而人为之怪，则十居八九，此类是也！"

四、人面疮，宛如人脸作人言

最近，我和朋友相聚，突然聊起日本新生代推理作家白井智之来。此人在中国最初的扬名，很大程度是因为那部以诡奇、变态而闻名的《晚安，人面疮》。因为这本书的流行，朋友便以为人面疮是源于日本的一种鬼怪传说。其实不然，人面疮其实就是一种罕见的、生于膝肘部位的疮疡疾病，因为创面很像人脸而得名。① 古人则将其视为妖异，于是编撰出很多志怪故事，在中国的古代笔记中颇为常见。

1. 唐代高僧，"病"在西汉

目前学界一致认可的第一篇"人面疮"笔记，出自唐代段成式所著《酉阳杂俎》。据说荆州有个叫侯又玄的人，一次在郊外如厕时，在荒冢之上大便，结果下来的时候跌伤肘部，摔得很重。走了数百步，突然遇到一位老人。老人看他伤得很重，便问他怎么了？他据实以告。老人看完伤处说，我有良药，可以为你包扎伤口，十天不要打开，十天后即可痊愈。侯又玄"如其言"。可等到十天后，侯又玄一打开，一只胳膊竟直接脱落下来。接着，侯又玄的兄弟五六人接连患病，"病必出血"。一个月以后，侯又玄哥哥的两臂也生了六七处病疮，"小者如榆钱，大者如钱"，每一处都酷似人脸，皆人面，而且到他死都没有痊愈。

---

① 也有些学者认为人面疮即寄生胎的一种。——编者注

载于《酉阳杂俎》的另一事发生在江左。"有商人左膊上有疮，如人面，亦无它苦。"商人每次用酒滴在其口中，人面疮就会变红。用食物喂它，它也会吃，吃多了便"觉膊内肉涨起"，好像里面有胃在消化似的；如果不给它食物，时间长了左胳膊就会麻木。对此，商人非常想去除。正好当地有个名医，教他用各种药物喂之，看它到底"怕"哪种药。结果试来试去，无论什么药，人面疮皆张口就吃。最后，只有贝母，"其疮乃聚眉闭口"。商人大喜，立刻把贝母捣碎了用小苇管往人面疮的"嘴"里强灌，"数日成痂，遂愈"。

从这两则笔记不难看出，在唐人看来，人面疮的成因乃是因为患者对神鬼不敬而遭此"报应"，治疗方面可以用贝母等药物。如明代著名医学家陈实功在《外科正宗》一书中就曾经说："人面疮……疮象全似人面，眼鼻俱全，多生膝上，亦有臂患者……服十全流气饮，外用贝母为末敷之，乃聚眉闭口，次用生肌敛口药，亦可得愈矣。"相当于从另一个角度证明了古代对这种疾病的认知。

不过陈实功也提到，人面疮"据古书云"是因"积冤所致"，所以除了服药和敷药之外，还要"清心告解，改过自新"。另外值得注意的是，《酉阳杂俎》中侯又玄的患病实在算不得什么"积冤所致"，搁到现在顶多算"违背公序良俗"，而演变成的"积冤所致"，大概故事是取唐末高僧知玄法师之逸事改编。知玄法师的生平为《宋高僧传》收录，其中有一段文字说的是他去世前"有一珠[①]自玄左足下流去，苦楚万端，谛视其珠中，明明有'晁错'二字，乃知玄是袁盎也。曾因七国反，盎

---

① 像珠子一样的疮。

奏斩错以谢吴楚诸王"。大意是说知玄法师前世乃是袁盎，袁盎在西汉七国之乱时曾怂恿汉景帝诛杀建议削藩的晁错以平叛，所以现在遭到晁错的报应。但在《慈悲三昧水忏法序》中，记载的是知玄法师膝盖上生人面疮，眉目口齿均备，每次喂食都"开口即吞"。遍请各医就是无法医治。后来在迦诺迦尊者帮助下，以三昧水洗疮，得以治愈。但并未提及他因此亡故。想来后人是将林林总总归纳一起，便有了因果报应。因此，后世的笔记中但凡提到"人面疮"，也多半是因命案形成的"酷报"。

2．金甲神人，遗药神案

"按医书言：人面疮云是袁盎、晁错之冤。诸药不效，以贝母啖之遂愈。"明代徽州学者程时用所撰笔记《风世类编》中的这句话，充分证明人面疮的"病因"和"治疗"已经成为某种"定式"。但接下来，程时用所叙之故事对这种"定式"反倒进行了破坏："正德丁丑，临淮贡士彭庸邀栋塘公饮于神乐观。"酒宴上，神乐观有个姓陆的道士聊起自己也曾患过人面疮。自称他十七岁那年，夜里与本房的老仆人发生争执，失手将其打死。道长不愿意把事情闹大，恰好道观后面有块空地，那夜风大，便集薪于此，将老仆人焚化，"天亮无知者"。三年以后，陆姓道士突然"足外肿，发毒成疮，疮口似唇而有舌无齿"。这人面疮会说话，只听它说，我就是被你杀死的老仆人！然后向他索要酒食。每次它开口说话时，陆姓道士都痛不欲生，只有它闭上嘴才能止痛。给它喝酒"则四周皆红"，喂它吃大鱼大肉，它也嚼咽如常。这人面疮还经常流出脓血，疼得陆姓道士死去活来，用贝母治疗也毫无效果。

这样过了整整一年，有一次人面疮连续七天没有说话。正当陆姓道士以为痊愈时，谁知它又开了口，说两个人的冤仇可以解了，不过要求道士明天要下山，"遇一樵者，可拜求治之"。第二天早晨，陆姓道士果然在山下遇到一个樵夫，恳求他治病。樵夫生气地说，那"业畜"居然敢牵累我，好吧，今夜三更时分我去为你治病。然后就消失不见了。陆姓道士回到神乐观，"夜梦胸挂'赤心忠良'四字"的金甲神人对他说，药在神案上，煎汤服用。喝完后拿着药渣，出水西门外第二十户人家，门口有个妇人在泼水，将药渣丢弃在那里就可以了。醒来后，陆姓道士看神案上有一物，"如乱发而无端"。他便按照金甲神人的叮嘱去办，"疮遂愈"，最后只在脚上留有一个疤痕。

同样是明代笔记的《狯言》中，亦记载有一奇特的"人面疮事件"：苏州有个老刀笔吏名叫李祝恒，有妻妾二人，相互间一直不和。有一天，妻子突然暴死，街坊四邻都怀疑是妾将其杀害，却又拿不出什么证据。"万历癸丑年春，妾忽患阴中痛，不堪其苦"。不久竟突出肿块，"状并如蛇，时时昂首于外，细视之，喙目备具"。知道的人都说，这就是人面疮。如果取来肉喂它，它便吞噬，此后每天必须吃肉四两，"痛才定矣"。有邻居劝这妾念经洗忏，"多方以禳之"。于是李祝恒"乃建斋七日，礼忏精勤"。法席既终，可妾的病情毫无好转，痛苦如故。于是他又找来女巫，女巫抱着琵琶一边弹奏一边起舞。良久，忽然听见帘子下面有咬牙切齿之声，初远渐近，"巫惊而起，至者李氏大娘子也"。李家的人都惶恐不安。不久，空中忽然传来声音，说自己是李家正房，小妾你为什么要害死我？我已经在天帝前请示，让你患上此疮，以雪我冥恨。就算你用三昧法水洗，也洗不掉这积愤！那声音凄厉，一如李祝恒妻生前一般。从此，那妾无论白天夜里都能看见李祝恒妻站在身前，"禳谢竟不能止"，她在极度的恐惧中发出凄厉的呼喊，到第二年四月终于一命呜呼……

3．明收忠骨，清愈怪病

要说人面疮最为"魔性"的一则笔记，我以为当属明代笔记《妄妄录》中的一则。故事说"某市侩生一人面疮，经年不治"，于是他到处求人，声称只要能治好他的病，愿意以百金相酬。当地的医生虽然都想挣那笔钱，但面对他的病情，都束手无策。有个叫杨三芝的郎中，认为应该重病用猛药，"乃用雷丸、白砒及诸毒药研末涂之"。谁知第二天那疮溃烂更甚，市侩真是疼得死去活来，而人面疮也变得焦黑如炭，"向之可辨为口鼻耳目间尽渗鲜血"，其状又凄惨又恐怖。杨三芝被请来复诊。刚进门，只见杨突然抓起一把刀挖向自己的膝盖，然后又把给市侩治病的那些毒药涂抹在伤口上，同时破口大骂。可是，他说出的却是一口粤语："无耻贼，欲毒死我耶？汝贪病家酬，不若令妻女倚门卖一笑，便保三日饱，岂我千金资为滑侩昧心吞去。日食渠四两肉，尚不容我哉！"然后杨三芝又抽自己的耳光，"辱骂良久，晕倒复起"。回家后，杨三芝的膝盖伤口竟然也形成了一处人面疮，直到几个月后才愈合——自古人面疮只害宿主，这个居然连郎中都害！从此再无人敢进市侩家门。"市侩痛楚三四年，竟以此疮死"。

后来人们才知道，这个市侩曾经欠一位粤商的钱，导致其没有返乡的路费，死在本地，所以才得此报应。

既然人面疮乃是冤冤相报，那么除了像前面陆姓道士那样受尽折磨，才得"苦主"指点救治之外，还有其他的办法能免一死吗？清代王士禛所撰笔记《池北偶谈》中便写过一个名叫胡明勋的人，"顺治丙戌居京口，两膝忽患疡，痛入骨髓，数日宛成人面，眉目口鼻皆具"。为了治疗人面疮，先后请了一百三十多名医生，用了许多药都无济于事，而胡明勋也"濒死者数矣"。直到有一天，人面疮突然开口说话：自称是梁时卢昭容，被胡明勋的前世害死于洛阳宫。"今日报汝，医何能为？诣佛忏悔可耳"。于是，胡明勋不再请医生诊治，改为开始抄经拜佛，先后手书《慈悲三昧水忏》《法华经》《华严经》等，之后渐渐能行走，又抄写《金光明经》《心地观经》《报恩经》《金刚经》凡五百万字，"疮竟愈"。

在这则笔记的结尾，王士禛看似无意地提了一句："胡天启中官中书舍人，尝收左忠毅公骸骨云。"笔者发现，古人很爱在正文之后的闲笔之中微言大义。如胡明勋这一则，就藏着一层深意，他之所以能获得卢昭容的谅解，抄经拜佛还在其次，关键是曾经在阉党横行时挺身而出，为被迫害致死的"东林六君子"之一左光斗收敛遗骨。天启时的举动，为顺治时的患病留了一线生机。古人的这种观点虽然迂腐荒唐，但也颇有可爱之处。因为它告诉每个人，一次殒身不恤的勇敢，多少可以救赎一些昔日种下的罪愆。

五、晚清最后一只大象的下落

在古代笔记中,有很多关于动物的志怪传奇。我总结出了一个一想即明的"潜规律":越罕见的动物篇目越少,比如麋鹿;常见的动物篇目在其次,比如猫狗;而篇目最多的往往是那些与人不远不近且略带神秘感的,比如狐狸……所以,常人难得一见的大象,极少会有志怪的故事。即便在古代笔记中偶尔一现,往往也都是"非虚构"内容。

1. 大象当上"安保员"

有关研究证明,在汉唐之际的中原地区,大象就已经成了多为官方豢养的稀罕物。比如《新唐书·百官二》中记载:"开元初,闲厩马至万余匹,骆驼、巨象皆养焉。"可见,养大象的目的并不仅仅是为了观赏或仪仗,更重要的是安保。如胡玉远主编的《京都胜迹》中说,相传大象能"鼻验铁器",所以一旦有刺客携带武器经过它的身边,它都会甩着鼻子嗅之。是故帝王临朝时,相关的管理人员必率大象列队立于朝门左右进行"安检"。随着"钟鸣鞭响,六象严肃分立两旁,四足不动,若有携带武器者,必被大象鼻摔于地,然后就擒"。百官入内后,它们就以鼻子相交而立,示意朝门封闭。

朝廷豢养大象的地方,名曰象房。明清时代的笔记,多认为象房最初在北京的设立时间是在永乐、宣德年间。比如,黄濬在《花随人圣庵摭忆》中就说:"当由成祖平安南,以象入贡,始建此。"此记载其实不确，因为元人熊梦祥所编《析津志辑佚》中就有"象房在海子桥金水河北一带，房甚高敞，丁酉年[①]元日进大象，一见其行似缓，实步阔而疾揎，马乃能追之。高于市屋檐，群象之尤者"的记载。说起来，象房在明代才从金水河北转移到宣武门西。明人蒋一葵在《长安客话》记载："象房在宣武门西，城墙北，每岁六月初伏，官校用旗鼓迎象，出宣武门洗濯。"此地即今天的北京长椿街一带。笔者幼时，每次去长椿街，长辈们总会说"象来街"，其实就是沿袭了旧称。

洗象一事，在晚明渐成盛会，刘侗、于奕正所撰《帝京景物略》中记载："三伏日洗象，锦衣卫官以旗鼓迎象出顺承门，浴响闸。象次第入于河也，则苍山之颓也，额耳昂回，鼻舒纠吸嘘出水面，矫矫有蛟龙之势。象奴挽索据脊，时时出没其髻。观者两岸各万众，面首如鳞次贝编焉。"这里的"象奴"是指大象的饲养员和训练员。朝廷使用象奴是因为大象初运到京，野性未驯，不经过严格的训练是不可以上朝的。《元史》有载："帝一日猎还，胜参乘，伶人蒙采毳作狮子舞以迎驾，舆象惊，奔逸不可制，胜投身当象前，后至者断鞦纵象，乘舆乃安。"说的是元世祖忽必烈有一次打猎回城，乘坐大象拉的车辇，结果有个伶人表演狮子舞来迎驾，把大象给惊了。大象狂奔乱逃，谁也没办法挡住。多亏有个大臣[②]上前阻拦，能令后面赶来的人砍断连接车辇与大象的绳索，才使忽必烈平安无事。《池北偶谈》中的一则笔记更是直接讲述了康熙皇帝目睹的一次"虎象斗"："康熙中，驾幸南苑，观象与虎斗，虎竟为象所毙。"可见大象发起脾气来，真不是闹着玩儿的。

---

① 即1297年。——编者注
② 大臣名叫贺胜。——编者注

所以,《日下旧闻考》记载:"盖象至京,先于射所演习,故谓之演象所。而锦衣卫自有驯象所,专管象奴及象只,特命锦衣指挥一员提督之。"可见其虽称之为"奴",但因职责重大,级别不低。不仅如此,象奴还有"外快"可捞。如晚清黄钧宰在《金壶浪墨》中就说,有人想进象房看大象的,要以钱贿赂之。而象奴也会教给大象一些绝技,比如甩鼻子作铜鼓声,那都得另外加钱才能观看:"观者持钱畀象奴,如教献技,又必斜睨象奴,钱满数,而后俯首昂鼻,呜呜然作觱篥、铜鼓等声,万众哄笑而散。"

2. 一只大象活活饿死

象奴有象奴的收益,亦有象奴的威风。如清代学者方朔在《洗象行》中就有这样的诗句:"蛮奴驯象如调马,以钩为勒随上下。蛮奴洗象如浴牛,拳毛湿透归悠游。"象奴对大象的训练,重点当然不可能放在杂耍上,而是要教它养成良好的规矩。据传这些大象会按照训练的水平分成不同的品秩,而根据品秩享受不同的待遇,即不仅吃的、用的都不一样,在皇帝上朝时的站位也不一样。如果犯了过失,如不该叫的时候叫了,不该动的时候动了,都会受到相应处罚。如柴小梵在《梵天庐丛录》中便提到过,"有过伤人者,则宣敕杖之",即两只大象会用鼻子缠住受杖大象的腿,将它缠趴在地,"杖毕,始起谢恩,一如人意"。此外,大象还有一股傲气,如果有一头象生病了不能上朝侍立,象奴不仅不能随便拉头大象来顶替,还应当牵着生病的大象到象房里,找到可供替补的大象,"面求代行。不然,终不往也"。

大象如果病重，耳朵里便会先流出油状物来，"名曰山性发"。这个时候象奴一般都知道大象恐怕是不行了，就会先以粗大的绳索将它捆绑住，然后由"管象坊缇帅申报兵部，上疏得旨，始命再验，发光禄寺"……这么一来一回少说也要半个月，大象早就病死了。待巨大的尸体腐烂后，"秽塞通衢，过者避道"。那种景象，不仅惨不忍睹，还臭不可闻。

清中期以后，由于南方长期战乱，没有大象进贡到京，朝廷仪式中就渐渐中断了用象。再加上财政支出相当大，象奴的收入也日益减少，在驯养大象上更不用心。光绪十年（1884年），一头发疯的大象突然冲到西长安街上，不仅伤人，还毁坏了不少东西。据说疯象还用鼻子将一名太监卷起来抛到城墙上，令此人当即死亡。一直折腾到很晚，銮仪卫才将这只大象捕回去。这之后，大象们慢慢死去，"象房余一老象，时人有南荒遗老之咏，至己亥，此象亦毙，遂永绝响"①。

光绪三十二年（1906年），出洋考察归来的端方耗资两万九千两白银，为慈禧购买并献上一百三十多种动物，其中就有两头大象。而且为了改善大象的生存环境，还高薪聘请了两名德国人看管，但仍由于食物不足，其中一头竟被活活饿死！慈禧对此十分不满，便产生了要专门辟出一块地方来养这些动物的想法。恰好有大臣奏报建立万牲园，立刻就得到了慈禧的批准。光绪三十三年（1907年）农历六月十日，万牲园作为农事试验场的一部分先行开放，售票展览。宣统元年（1909年）的《农工商部章程》记载，万牲园内"建有兽亭三座，兽舍四十余间，

---

① 此句出自黄濬《花随人圣盦摭忆》。——编者注

鸟室十间，水禽舍、象房……各一所"，而象房就是为那另外一只活下来的大象"大力"建造的。

3．"大力"死后惨况种种

笔者最近读到一本书，是著名文史作家夏元瑜先生撰写的回忆录，他曾在20世纪30年代当过万牲园园长，回忆录中的一篇便谈到了"大力"的最后下落。

1937年"七七事变"爆发后，不知是出于什么考虑，北平动物园（即万牲园）的一位工友下毒毒死了"大力"。"大力"中毒后，毒性很快发作。那时时局混乱，根本找不到合适的兽医，大家便只能看着"大力"慢慢咽气，"大力"临死前"还用鼻子揪着前任管理员孙久山的手，相对垂泪，凄然永别"。

按照北平动物园的惯例，死了的动物都要做成标本。当时正值盛夏，又赶上日本侵略军入城，出入城门很不方便。而且动物园在西直门外数里之遥，大象又不是小动物，运输起来是个难题。另外，做标本要剥皮，必须翻来翻去，一两个人根本翻不动。这么多问题都摆在面前可怎么办呢？夏元瑜灵机一动，想到卖羊肉的会剥皮，于是约了六七位给动物园提供饲料的牛羊肉老板来帮忙。这时距离"大力"死去已经过去三四天了，"死象臭了，肚子鼓得像座小山……以一公里为半径，全在臭气笼罩之内"。夏元瑜和那几位羊肉店的老板、十几名杂工，就在臭气的中心待着，照理说常人早就被熏跑了，但按老北京的习俗，既然答应了帮忙，绝不能半途而废。所以大家用纱布做了厚厚的口罩戴上，口罩中撒了"太伤避瘟散",才能继续工作。

"红头绿身、闪着金光的大苍蝇,不但成千上万地来"观光",而且大量地"生孩子"。又白又肥的蛆爬满了象身,望过去好像会冒白气一般"。工人们足足泼了几十桶石炭酸水,扫出了整整四大筐的蛆才能继续做事。当时,他们用极粗的麻绳拴住死象一侧的前后肢,十几个人一起拉,才把侧卧的死象拉得肚子向上,然后便开始剥皮。为了方便,员工在象肚子上把该切的线用粉笔画了出来:"第一切线是从象的鼻端内侧开始,一直到尾巴尖儿为止;第二切线是从左前脚心垂直横过腹面到右前脚心;第三切线是后肢的左右脚,也就是横那条中心线。"

开始动刀后,先切开中央线,"腹部的皮比胸部薄,只比皮鞋后跟略厚些,切开处露出下面一层灰绿色的腹膜——内脏腐败则腹膜变绿"。谁知这一下出了意外,死象的腹中气体突然膨胀起来。之前之所以没有破裂,是因为有层皮在外面包着。这一刀切开,顿时大裂,站在腹面上的一个人一下子陷到腐烂的肚肠里去了。众人赶忙将他捞出来时,此人已经臭昏过去了。

一般来说,一只死去的动物可以做成两件标本,一件是用皮做的外形标本,一件是用全套骨骼做成的骨骼标本。但"大力"被剥皮煮骨之后,因为战乱,皮和骨就那么搁置了很多年,也没做成标本……黄浚在《花随人圣庵摭忆》中曾经为朝仪用象一事从盛到无而感慨:"区区小点缀,亦有六百年以上之史实,且与吾国声威制度之消长相关,弥为叹息。"却不知山河破碎之时,"区区小点缀"又岂止消长,只怕死无葬身之地。

六、元顺帝年间的"枯井杀人事件"

现在的人已经很难想象：在依靠井水生活的年代，如果胡同里有一口甜水井，是有多么的幸福！《京师坊巷志稿》一书里提到：清朝时北京胡同一半以上有水井，哪个胡同有井，都会注明井的数字。比如大小雅宝胡同注明"大胡同井一"。大小方家胡同会注明"大胡同井二、小胡同井一"。不过，这些水井绝大多数都是苦水井、咸水井。而一旦有一口甜水井，那么整个胡同都要改名，直接称呼为"蜜罐胡同""甜井胡同"等等。直到1909年东直门水厂开办前，北京人就没见过自来水什么样，而真正意义上的全北京普及自来水，还是新中国成立以后的事情。

现在的城市已经很难见到一口水井，而年轻一代对水井的印象大多来自恐怖片，好像是个井口就可能爬出个女鬼似的。这大概是因为水井本身就幽邃、阴森、凄寒，象征着某种绝望的深渊，而在过去又是一些想不开的人——尤其是女性寻求解脱的去处吧。

那么，笔者就跟您聊聊古代笔记中和"井"有关的诡案。

1. 一口井要了两条命

古人吃水，主要靠挖井。但即便再丰盈的井水也有枯竭之时，所以枯井在古人眼中便成了充满"杀气"的大凶之物。

枯井杀人，不绝于书。《太平广记》中就提到：有一年大旱，濠州酒肆门前有一口巨大的枯井,"埋塞积久"。有一天,酒店老板召集井工疏通之,希望能重新打上水来。"有工人父子应募者,乃子先入,倚锸而死;其父继下,亦卒。观者如堵,无复敢入"。一口枯井竟然要了两条命!后来,人们用绳钩将尸体拉上来,便再也没人提疏通枯井的事情了。

比这桩案件记叙更加详细的,是《南村辍耕录》中的一件雷同案件。

《南村辍耕录》是元代学者陶宗仪撰述的史料笔记。这书来得奇特,据说当时陶宗仪在松江(今上海)隐居。劳作之余,辍耕于树荫之下读书。按照他自己的说法,"遇事摘叶书之",然后装在罐子里。前后十年,积下了数十罐,然后编录成书。不过笔者认为他这是故意神化了自己的创作经历,因为绝大部分树叶上面写不了几个字,而且一旦干枯后极易破碎,万难保存。不过无论怎样,书还是写出来了,而且对当时的朝廷典章、法令制度、风俗趣闻均有涉及,极为后世研究者看重。

元至正十九年(1359年)农历八月,湖南平江城内有个叫峨眉桥的地方,住有一户姓叶的人家,"门首檐下有一枯井,深可丈许"。因为这口水井早已失去了汲水功能,街坊们干脆拿这口枯井当垃圾站,经常随手往里面扔垃圾。这一日,叶家养的猫突然掉进井里去了。如果是平时,可能就算了,但恰好邻居家在挖一口新的水井,老叶就过去找到浚井的工人,许给他一缗钱,让他帮忙下到枯井里去找一下猫。工人答应了,搭了个绳梯下到井底,却很久都没有爬上来,也没有任何声音。老叶觉得好奇,也踩着绳梯下了去,同样也是就此再无声息。

老叶的儿子小叶趴在井口,往里面看去,黑漆漆的什么也看不见。虽然是一口枯井,却寒气逼人。小叶大喊了几声父亲,只有井壁沉闷的回音，父亲和那个浚井的工人都仿佛被无底的黑暗吞噬掉了。小叶越想越害怕，但又不能不下去查看，便在腰上系了一根绳索，让家人和邻居拉着绳子的另一头，一点点将他往井底放，"将及井底，亟呼救命"，大家赶紧把他拉上来，只见小叶"下体已僵木如尸，而气息奄奄"。乡亲们又掐人中又灌药的，好不容易才把他救活，遂一起问他井下到底发生了什么事情。小叶说：只觉得头昏眼花，越来越喘不上气，连那几声"救命"都是用尽了最后的力气才喊出来的。

大家赶紧报官，官府派人来检验，坠下一个灯笼，查看井底的状况，那盏灯笼往下探了很深很深，才看见井底有两个死人，正是浚井的工人和老叶，"一横卧地上，一斜倚不倒"。大家用钩子钩住两具尸体的头发提出之后，"遍身无他恙，止紫黑耳"。围观的人们大哗，都说必定是井底藏着什么妖魔鬼怪，比如有毒的蛟龙之类的，一时间闹得沸沸扬扬，官府也只有将枯井一填了事。

对此，陶宗仪倒是有一番比较科学的见解："余意山岚蛮瘴，尚能杀人，何况久年干涸，阴毒凝结，纳其气而死，复奚疑哉？"后来陶宗仪读《酉阳杂俎》，更加坚定了自己的认识。他在自己的书中写道，凡是坟坑和水井，秋夏多有杀人之气，应该先投入鸡毛试毒，如果鸡毛径直下落，则无毒气，"回舞而下者不可犯"，必须先用泔水往里面浇上数斗，除去毒气，人才能下去。

"枯井杀人"直到今天依然不鲜见。如2001年灵宝市一对祖孙为了下枯井找钥匙，双双毙命；再如2006年新密市一对夫妻为了捡掉在井底的50元钱也一命呜呼；还有2011年，景泰县一位农民为了救掉进枯井中的孩子，不幸去世……

事实上，现代科学对"枯井杀人"已经有了非常清晰和合理的解释：井坑内空气长期得不到流通，又因为积压了大量垃圾的缘故，产生了大量的硫化氢和一氧化碳气体。而这两种气体都有毒，尤其是硫化氢。少量的硫化氢气体呈臭鸡蛋味，且无色，达到一定浓度后会沉淀到井底，下井的人们一旦呼吸到它，就会迅速致死。

2．井里面爬出"红衣人"

不过古人认为枯井杀人是蛟龙作怪，也并非全是他们胡思乱想。因为从我国古代笔记的一贯记述来看，井和龙一直是密不可分的。比如唐末五代时期的道教学者杜光庭在笔记《录异记》里，只要写到"龙"，多半与井有关联。"荆州当阳县倚山为廨宇，内有井极深，井中有龙窠，傍入不知几许，欲晴霁及将雨，往往有云气自井而出"，"成都书台坊武侯宅南乘烟观内古井中，有鱼长六七寸，往往游于井上，水必腾涌，相传井有龙"。宋代学者孙光宪在著名史料笔记《北梦琐言》中则认为，夔州的龙大多藏在盐井之中，盐井是指钻井汲取地下天然卤水制盐用的矿井，这种龙"或白或黄，鳞鬣光明，搅之不动，唯沮沫而已"，有人便生了感慨："龙之为灵瑞也，负图以升天，今乃见于卤中，岂能云行雨施乎？"看来哪怕是龙，一经腌渍也会失去鲜活的性质。

按照我国古代笔记中的逻辑，在井中冒出云气，可能是龙要布雨；如果爬出一个"贞子"，那可能真的是要死人了。如明代著名学者黄瑜在笔记《双槐岁钞》中，便写过一个听起来比较吓人的故事：香山教谕张辉平时自负文学才能显著，"为人甚温雅疏俊，士子敬之"。景泰元年（1450年）的一天，他正要主持一场讲习，忽然见官署的井口，慢慢地爬出一个穿红衣服的人，而且那红衣人还在冲他招手。当时所有人都吓得目瞪口呆，唯有张辉"素有胆气"，他上前怒骂道："什么妖魔鬼怪，还不赶快退下。"那红衣人不紧不慢地越过房顶，"走上莲峰而灭"。第二天，张辉去县衙赴宴吃酒，因为座位的事情，跟县丞发生了争执，结果"交相拳殴"。晚上回到官署，张辉越想越不是滋味，自己满腹诗书，仕途不顺，竟连座位都争不过一个县丞，还老拳相向，实在有辱斯文。一时想不开，竟投井自尽了。回想起来，那穿红衣服的人竟是招魂的使者。县官将张辉的尸体打捞上来后，便将那口井匆匆填埋了事。

张辉的故事虽然恐怖，但一望即知是杜撰出来的。而说到古代和"井"有关的刑事案件中，最有名的一个故事，当属北宋科学家沈括在《梦溪笔谈》中记录的"张杲卿断案"了。故事说张杲卿在润州当知州的时候，有个妇人离家外出，数日不归，她的丈夫也不知道去了哪里。忽然有个人在她家附近菜园的井中发现一个死人，顿时引来许多人围观。正在这时，那妇人突然来了，只往井下看了一眼就号啕大哭，便说死的是她的丈夫。有人报告了张杲卿。张杲卿听完属下汇报的事情经过之后，也不着急打捞尸体，而是召集了住在附近的邻居们一起来到井边，往井底观看，让他们看看那具尸体是不是那个妇人的丈夫。结果"众皆以井深不可辨，请出尸验之"。张杲卿冷笑道："既然大家都觉得井底很深，看不清尸体的衣着面貌，为什么那个妇人来到井边，马上就能说出死者是她的丈夫呢？"因此他立刻命令捕役将那妇人抓起来。刚一审讯，妇人便招供了，"果奸人杀其夫，妇人与闻其谋"。

3．庚子国变中的投井人

因为书生意气愤而投井也好，被如潘金莲一样的老婆杀害投尸井中也罢，总之在中国历史上，造成"井中积尸累累"的主要原因，绝不是个别的自杀或谋杀，而是战乱时期对黎民百姓的屠戮。如著名历史小说家高阳先生在《胭脂井》一书中，便曾对珍妃的遇害给予了无限的同情。事实上，与珍妃差不多同一时间葬身井中的国人还有很多。

庚子国变，八国联军打进北京，京师百姓惨遭侵略者荼毒，令人发指。刑部主事李希圣在《庚子国变记》中这样描写："王公士民四出逃窜，城中火起，一夕数惊。京师盛时，居人殆四百万，自'拳匪暴军'之乱，劫盗乘之，卤掠一室，无得免者。坊市萧条，狐狸画出，向之摩肩击毂者，如行墟墓间矣。"

民国学者郭则沄在笔记《洞灵小志》中虽然没有直接描写当时的种种惨状，却通过"诡案"这一独特角度，反映出那个时期平民遭受的残害与杀戮。如有个从欧洲留学归来的人，买了裱褙胡同一座宅子。有一天晚上，恍惚间看见土炕里有无数双鞋，男式的、女式的，还有孩子的，仔细看时却又没有了，他坚信自己不是老眼昏花，"拆炕视之，中皆积尸"——都是死在庚子国变中的人，吓得他赶紧搬家；西城旧兵马司的一座旧宅，原本住的都是旗人，被八国联军杀光了，"入夜每见满装妇女幢幢往来，老少不一"。

其中，也包括锡拉胡同王懿荣的故宅。

王懿荣是中国杰出的金石学家、鉴藏家和书法家，他的最大功绩就是发现并收藏甲骨文，堪称我国文化史上的重要人物。在庚子国变的那段时间，他担任京师团练大臣，承担了一部分京师防御工作。说是团练大臣，其实手下只有一千五百余名老弱残兵，而且连兵器都没有。王懿荣心里明白，自己只剩下殉国一条路可以走，于是便提前做了准备。他寓所的庭院里有一口又宽又深的井，井口比一般的井要大。平日为安全起见，在井口上放了一块横石，并有巨石作为井栏。当八国联军逼近京师时，他率领仆人启开横石，当侵略者攻入东直门时，他纵身投井自尽，之后他的妻子和守寡的长媳也相继投井自杀。

据《洞灵小志》所记，由于王懿荣之死受到了光绪皇帝的表彰，他的旧宅的主屋也被立为祠堂，但其他的房间不能保留，便辗转被卖给别人。但"居者恒见凶异"。在后来的人看来，那是王懿荣报国不能、忧愤不已的鬼魂依然在寻找着那些侵略他的祖国的人……

七、人参：何以两百年涨价七百多倍？

寒冬腊月，很多孝顺儿女都会买各种保健品给爹妈"进补"。笔者作为一位曾经在健康媒体工作过多年的新闻记者，对此的态度是不置可否。因为我们知道，绝大多数保健品对身体健康并不能起到什么有益的作用，有些甚至会产生危害。但是缺乏健康知识的人还是抵挡不住夸张的宣传和因袭的惯性，最终上了圈套，重金买了一堆废物甚至是有害物，进奉到老人面前……

在这篇故事中，笔者便将通过在中医史和保健史上曾经长期被奉为"神物"的人参，来说一说那些其实为我们拜错了的神祇到底是怎么"养成"的。

1. 跟着"王气"走

我们先说说清代著名学者曾衍东的《小豆棚》一书。该书虽然不少是道听途说之言、鬼狐仙怪之语。但他在其中一条的后面，还是无比郑重地写了一条"声明"，专门强调："余在边外四年，此条辨证最确，不特得之采访，亦复亲为考据。一物一地，曾无撮饰半字。"

这一条的名字叫《人参考》。

曾衍东是乾隆年间人，这一时期，中国已经出现了一些"人参消费指南"的专著，如陈烜所编之《人参谱》、唐秉钧所著之《人参考》等等。但相较之下，似乎都无曾衍东这篇小文，对人参史叙述得简洁而条理清晰。

"明季，沁州、高丽、邯郸、百济、泽州、箕州、并州、幽州、妫州、易州、平州并产焉，而上党山谷者为最。上党今潞州太行紫团山，又出紫团参。"上党即上党郡，所辖区域相当于山西的和顺、榆社以南，沁水流域以东地区。这一区域到明代又改称潞州府。陶弘景在《药总诀》中说上党人参"形长而黄，状若防风，多若润实而甘"，是人参中的上品。宋代，上党人参就已经因为过度开采而变得稀缺，因此市场上出现了不少仿冒品。宋唐慎微在《大观本草》中记载：欲试上党人参是否真伪，可含人参快步走三五里路，之后呼哧带喘者，所含人参为假；如果气息自如，那么所含的就是真品。而文中所提的"紫团参"，产自潞州府壶关县东南一百六十里的紫团山。《梦溪笔谈》记有一事：王安石患哮喘病，医生给他开的药方中要求必须用紫团参，但"不可得"。一位名叫薛向的官员赠给王安石数两，王安石不受。他说："平生无紫团参，亦活到今日。"此事一来可见拗相公之"拗"果然名不虚传，二来可见紫团参在当时就已经珍稀到宰相之家亦不可轻得了。

人参之贵，除了本身药性强外，还有其形似人体，暗合"吃啥补啥"的传统说法。且传说此物为"王气所钟"，就是哪里王气旺盛，哪里就盛产人参。比如紫团参，就与唐明皇有关。传说唐玄宗有一年登壶关山，"东北有紫云见，光彩照日，因名紫云山，即紫团也"。而这也正是明末清初，"辽参"超越上党人参，成为人参品种的首因。由于辽东是清王朝的发迹之地，产出的人参自然备受"王气"的熏陶。是故阮葵生在《茶余客话》中有云："自辽阳以东，山林中皆有之，盖地气所钟，岂偶然哉！"而《小豆棚》中亦云："我朝独重辽参，实乃神草，王气所重,味胜力洪,他皆不及。"

辽参的主要产地,是凤凰城和宁古塔。"其产地则曰凤凰城,土人采取甚早。又有船厂,去凤凰城三四千里,稍坚实,六七月可采。又宁古塔,地处极北,去船厂又三五千里,地极厚,天极寒,深秋冰雪载道,采以八九月,其体坚实少糙而多熟。"其实清朝的产参之地还有很多,但效力大多不如这两处。

2. 采参遇巨人

笔者在蒋竹山先生所著《人参帝国:清代人参的生产、消费与医疗》一书中,找到一张从明正统年间到清道光六年的人参价格变化表,其中有两个数据特别说明问题:明万历十二年(1584年),人参的价格为每斤3两白银。到清嘉庆十二年(1807年),人参的价格已经变成了每斤2240两白银。

二百多年的时间里,人参价格竟然增长了七百多倍!

何以会出现这样的情况?说白了无非四个字——供不应求。

有清一代,人参一直是清政府的"特殊商品",采摘和经营都要持有特许执照(即参票),否则将受到异常严厉的惩处。哪怕王公、贝勒、贝子也概莫能外。凡是违例者,有可能被革去爵位。普通小民,"如偷采人参,枷一月,鞭三百,随行牲畜及所挖之参充公"。而纵使有参票,采参也面临着重重困难。优质人参多生长在深山老林的背阴处,有些干脆就是"无人区"。在古代交通工具匮乏的情况下,刨夫走一趟,顺利的话牲口会病死多半,倒霉的话自己都可能喂了野兽。

清代学者王椷在《秋灯丛话》中写过一个故事，很富有寓意。说有一刨夫"尝结伴入山采参"，不知怎的就迷了路，而且与伙伴们走散了，"绕寻数日不得出"。不久，他携带的粮食就吃光了，饥肠辘辘的他估计自己马上就要葬身荒野。这一日，忽见密林中有炊烟袅袅升起。他顺着炊烟的方向摸索过去一看，发现竟然是一座石头房子，且"有老妪坐门首"。刨夫上前"因告以失路故，并求食"。老妪不说话，只用手一而再再而三地指向室内。刨夫进去一看，室内一无所有，"唯见釜中煮白石累累"。刨夫十分惊讶，不知道煮石头何以能当食物，"但把水饮少许，觉精神陡发，顿忘饥渴"。他正走出石室想向老妪问路时，突然见一巨人，"发垂至背，腰间缀树叶如裙，摇曳而来"。他顿时吓得魂飞魄散，跪在地上向老妪求救。老妪也不理他，待巨人来到面前，与它喃喃作语。巨人点点头，一把拽住刨夫，拉起就跑，疾驰如飞，刨夫闭上眼睛听天由命。狂奔了一顿饭工夫，巨人突然将刨夫抛掷在地，倏然不见。刨夫睁眼一看，已经出了密林，地上有人的足迹。他循迹而行，终于找到了同伴们，向他们讲述了自己的奇遇。大伙儿不信，跟着他一起往回寻找，却一无所获，只见一片荒烟蔓草而已。

这则笔记虽然玄虚，却也说明了当时采参人动辄迷路不归，或遭遇兽类，总之是尸骨无存者居多。

当然也有一些奇遇类的故事。比如《醉茶志怪》中写一名叫申仲权的人，因为屡试不第，落魄难堪，便出关投奔亲戚，谁知亲戚已经迁往他处。他"囊资已罄"，万不得已，只好加入了采参队伍。申仲权本是书生，一向肩不能挑手不能提，根本吃不了刨夫们的苦，所以大家都嫌他是个累赘。一天他与众人入山，走得累了，在一棵松树下休息。醒来时，已经找不到大家了。申仲权慌忙寻找，"至一处，山重水复，路极曲折，迷不识道"。

这时"红日西坠，悲风怒号"。申仲权万般无奈，便思考着找到一个石窟，以躲避虎豺。正踟蹰间，突然见到一位容貌姣好的女子，腰系白鹿皮裙，来到溪边，正用手捧溪水喝。申仲权上前，解下腰间的瓢给她，女子接过来用瓢舀水喝。申仲权问道于她，女子说此处去大路绝远，你何以来此？申仲权以实相告，说着便流下泪来。女子见状遂带他转过山坡，来到一处清洁的石室，室内"床几皆石为之，壁上石纹如画，花木人物，神色生动"。女子赠他一物，"如小儿臂，红润鲜软，莫识其名"。申仲权吃了一半，就有了些力气。然后便在石床上睡下。第二天一早又按照女子指引的道路，越岭攀藤，终出山外。将女子所赠之物拿出来给人看，方知是一上等山参，"售之，得一百金，治装归里焉"。

这类书生荒野迷途遇见女子获救的故事，在古代笔记中比比皆是，也几乎百分之百出自穷酸文人的臆想。而事情往往只有前半部分是真的，那就是采参者的一去不返在当时是寻常又寻常的事情。而因为采参失踪者，又以盗采者居多。主要原因是他们为了绕开关卡的稽查、躲避官方的抓捕，只能走夜路、辟野径。比起合法的采参者，无疑要面临更多的危险。正如曾衍东在《小豆棚》中所言："往往跋涉数万里，偷挖私货，虽法有严禁，皆憨不畏惧。"尽管如此，人参市场还是一日比一日紧张，"采取人多，滋长不及，售之者贵，用之者多，其货遂至日低一日，其价因之年长一年"。就算是内务府的库存，"亦无久贮"。美国历史学家谢健在《帝国之裘：清朝的山珍、禁地以及自然边疆》一书中指出：早在康熙二十三年（1684年），辽东很多地区就因过度刨挖而导致无参可采。康熙皇帝不得不决定将乌苏里江沿岸地区开放给刨夫，"然而野生人参依然数量稀少。到19世纪初，无论在哪儿，幸运的刨夫顶多能在一天之内发现三五棵嫩枝，大多数人数日也见不到一棵人参了"。

3．杀身又破家

现代医学研究证明，人参虽然营养丰富，效力强大，但也绝不像很多人以为的那样"神"：不仅能延年益寿还能返老还童、起死回生、强心续命，甚至还有助金榜题名之用。如著名学者高拜石在《古春风楼琐记》中记载，翁同龢殿试时精力不济，猛记起卷袋里藏的两枝老山参。找出咀嚼后，果觉"津液流贯，神志奋发，振笔直书，一气到底"，如时交卷后终于高中状元，并获得"人参状元"的雅号。没错，它只是一种正确使用就会产生比较良好的医疗效果的药物，但如果从养生保健的角度讲，未必比萝卜的作用强许多。其实，人参之所以能成为中国人心中的"神药"，与清代江南温补文化的兴起密切相关。

蒋竹山先生在《人参帝国：清代人参的生产、消费与医疗》中指出：从明代开始，江南的很多富户因为穷奢极欲而掏空了身体，便寄希望于通过进补来让夜夜笙歌的生活得以延续。"若富贵之人，则必常服补药，以供劳心纵欲之资。而医家必百计取媚，以顺其意，其药专取贵重辛热，无非参、术、地黄、桂、附、鹿茸之类。"也就是说，不管患者患了什么病，不管患者有病还是没病，反正到了医生那里，开人参总是没错的！"大凡一切病症，其初不宜即服补剂。而中风、痛风、木风尤忌，都门诸贵人喜服人参，虽极清苦者亦竭力购参以服之，为恃此可以无恐也"。以致最后耗尽家财。此种风气用一句话形容就是——不怕病死，只怕虚死！对此，清代杰出医学家徐大椿痛心疾首地指出："服补而死，犹恨补之不早，补之不重，并自恨服人参无力，以致不救。"

当时徐大椿治好了很多"进补病"患者，他们多是因为大量服用人参反而致病或加重疾病。此前，明末江南名医王肯堂也曾说过："其身欲壑太过，借参补养，每见危殆者，乃不明当用不当用之过也。况杂入温补剂中，则尤谬矣！世人仅知用参之补，而不知行气，徒行壅塞，不能流通矣。"比如，某人长期厮混欢场，而导致体虚郁怒及神昏身重，后来每日服用人参三钱后，反而痰火瘀结，身体僵硬如尸。最后徐大椿仅用几文钱的清火安神的平淡药方就治好了他的病。再比如某人患有流注病，从脚到腰有七八处地方溃烂，寒热不食，仅存人形。即便如此仍长年服用人参，造成病情越来越重，且因为人参价贵而致家徒四壁。徐大椿认为，以往医者并未针对他滞留在体内经络的痰症来治疗，论断这还是"药之误，而非病之真无治也"。遂用普通至极的大活络丹为主要药方，佐以外敷拔管生肌之药，结果很快将其病治好。对此，徐大椿叹息曰："不知对病施药，徒事蛮补，举世皆然，枉死者不知其几也！"

晚清著名学者陈其元在《庸闲斋笔记》中曾经以"人参误服杀人"为题，记录了自己的先祖通奉公亲历一事。通奉公精通医术，"在四川重庆府同知任内，奉旨驰驿入京视疾，一时求诊者闭门塞户，至三鼓甫散"。这时，仪亲王遣人来请他出诊，说是福晋病重。当时，通奉公已劳累一天，非常疲惫，遂推辞不去。来人说："仪亲王叮嘱了，如果您实在因为夜深不能至,至少先开丸药给福晋服用,等天明再去王府。"当时,通奉公既不知福晋患了什么病,手头也没有什么药,只有书案上有一包莱菔子。他知道此物有促进消化、清热平心之用,属于最平常不过的药物,且"服之无碍"。便交给来人说:"姑服此,明日再诊可也。"暂为搪塞。谁知第二天一早,"公尚未起,闻马蹄声隆隆"。原来竟是仪亲王亲自登门拜谢:"福晋正闷躁欲死,灵丹一服,顷刻霍然,已安睡至今。"通奉公很惊讶,跟着仪亲王到府上一看福晋,方知她患的是风寒微疾,乃是误服人参导致,而莱菔子恰好可以清热平心,所以一服见效。

"天下之害人者,杀其身,未必破其家。破其家,未必杀其身。先破人之家,而后杀其身者,人参也!"徐大椿在《人参论》中的这番话,未免有些偏激,但从某种意义上说,也是针对所有迷信"宫廷秘方""仙丹妙药"者的警示之语。健康一事,来自均衡的饮食、科学的锻炼和积极的心态,这些就像生命的本质一样:质朴,平常,但又需要长期的坚持,而绝不存在什么神乎其神的东西——玄之又玄往往是骗之又骗,这句话放到哪里都适用。

第四章　怪谈篇

一、1644年蝗灾：蝗虫竟然"环抱人而蚕食之"

2020年，4000亿只蝗虫到达巴基斯坦和印度的消息曾牵动了很多国人的心，大家担心这些蝗虫会进入中国，给我国粮食生产带来巨大危害……后来已经证明，"蝗虫军团"虽然猖獗，但根本不可能越过我国边境。不过在网上，各种关于蝗灾的科普文章和视频以及相关的检索量还是突然暴增。毕竟，作为一个历史悠久的农业大国，中国曾经饱受蝗灾之苦，这一点不仅在史书里多有记载，在古代笔记中更是在方方面面有所体现。

1. 眼望蝗虫不敢灭

早在先秦时代成书的《诗经》里，就有"去其螟螣，及其蟊贼，无害我田稚。田祖有神，秉畀炎火"的记载，而蝗虫即是为害田稚的"螟螣"之一。

与之相对的，因灭蝗而在历史上留下英名者，则首推姚崇。《新唐书》记载，开元四年（716年），山东发生严重蝗灾，"民祭且拜，坐视食苗不敢捕"。面对此种情形，姚崇奏请捕蝗，即由朝廷派出御史为捕蝗使，分道灭蝗。汴州刺史倪若水反对说，这是天灾，只要修德即可除之。姚崇说，坐视蝗虫吃掉禾苗才是最大的失德。黄门监卢怀慎说，天降灾祸，怎么能用人力加以遏制？恐怕会有违天和，遭到恶报。姚崇反驳道，一旦让蝗虫把粮食吃尽，百姓怎么办？饿死人恐怕才是最严重的

"有违天和"吧！杀虫救民是我的主意，有祸我姚崇承担，不连累诸公！最后，在姚崇的坚持下，朝廷展开了大规模灭蝗行动，"得蝗十四万石，蝗害讫息"。

可能有人会感到困惑，既然蝗虫为害，为什么农民不抓紧扑杀之，反而还要祭拜？而姚崇的灭蝗主张还会招致反对意见呢？其实原因就在于倪若水和卢怀慎说的"天灾"。

试想一下，假如你是一位缺乏科学知识的古人，勤勤恳恳开荒种地。眼看麦苗将熟，却突然从天降下密密麻麻的、足以诱发密集恐惧症的千万蝗虫。而且正是这些蝗虫，顷刻之间将你的麦苗吃个精光，然后扬长而去，消失得无影无踪。你会不会觉得这是一件无法解释的事情？在科学水平较低的古代，人们对于任何无从解释的事情都笼罩着一层神秘色彩，且都可以用"神迹"来加以解释。也正因此，蝗灾在古代被认为是一种不可触犯的神迹。这一点在明代笔记《集异新抄》中的一篇文章里体现得特别明显。

明天启七年（1627年），秋粮丰收在望，结果突遇蝗灾，"聚啖其根，顷刻黄萎"，吴地一带的人民咸被荼毒。有位老农在愤怒之余"布石灰而淹之"，却不知为什么家中男女七人竟然"同日死"。这一下子可吓坏了农民，他们都"相戒不敢犯，若有神司之者"，最后只能眼睁睁地看着蝗虫肆虐。而在《集异新抄》的作者看来，导致天降大祸的结果，乃是朝廷阉党横行，即地方上大建魏忠贤生祠所造成的。"郡中缙绅以致素封之家无敢抗，坏良田，掘人冢基，石柱过云，画栋鳞错，至于上供金钱，牟于群小，咎征所感，有由然与？"接着作者又归纳总结出蝗虫的种种"神迹"传说："蝗字从'皇'，今其首腹皆有'王'字，未烛厥理。"此处用的典故应该是从唐代段成式的《酉阳杂俎》中"蝗虫腹下有梵字,或白天下来者,乃忉利天梵天来者,西域验其字作木天坛法禳之。今蝗虫首有'王'字,固自不可晓"演化而来。作者又说:"蝗飞便交合,数日产子,状如麦门冬,日以长大,又数日出如小黑蚁者八十一枚,便钻入地下,来年八九月禾秀乃出生翅,若腊雪凝冻,入地深,不复能出,俗传雪深一尺,蝗入地一丈也。"单从这段话来看,我国古代对蝗虫的认识还是有不少科学依据的。但接下来一段文字又玄乎起来:"又云蝗灾每见于兵后,是战死士冤魂所化。"最后,作者还有声有色地描绘说,无论怎样喊叫驱赶蝗虫,它们都不为所动,照样聚唼农作物。但"一鸣金鼓,辄耸然若成行列",显然是前世从军养成的习惯。

既然蝗虫是天灾,结果就令笃信"天人合一"的古人,想方设法也要将其与地面上的政治联系起来。如前面提到的魏忠贤就是一例。其实这个传统由来已久,据《坚瓠集》记载,王安石罢相后出镇金陵,当时正在闹蝗灾,"飞蝗自北而南,江东诸郡皆有之"。百官送王安石出开封城外,为他饯行。王安石的政治对手刘攽来晚了,没有赶上,于是写诗一首以寄之,诗中充满了对新法和王安石个人的讥讽:"青苗助役两妨农,天下嗷嗷怨相公。惟有蝗虫偏感德,又随车骑过江东。"

2. 蝗神叨扰一顿饭

明代天启和崇祯年间,自然灾害不断,蝗虫灾害也确实日趋严重。如《子不语》中便记有崇祯十七年(1644年),河南的蝗虫竟然嚣张到"食民间小儿"的地步："每一阵来，如猛雨毒箭，环抱人而蚕食之，顷刻皮肉俱尽。"而开封城门也曾被数以亿万计的蝗虫生生塞断，以致人都无法出入了。最后祥符令万不得已，下令发火炮击之，总算炸出一个窟窿，容行人通过。可是没到一顿饭的工夫，"又填塞矣"！

既然是天降灾患，很多人便将驱蝗和灭蝗的希望寄托在"天"上。在《集异新抄》中有这样一段记载，崇祯元年（1628年）七月，苏州某地闹起蝗灾，很多乡民祈祷上天驱蝗，"每夜灯火载岸，金鼓声彻曙，所祷处设几案灯台，虫见火光而来，不甚为异"。当时有个人因为生病，没有参与祈祷。最后他种的一二亩地都遭了灾，可旁边人家的田地却分毫无恙。他觉得奇怪，仔细一打听才知道其他"因事未祷者，灾亦如之"。于是，大家更加虔诚地叩拜神灵。不久大家"夜闻空中戈戟铮然，见神在云际，亲执白旗挥指，若驱捕之状，自北迤西而去"。这样几天以后，"风驰雨洗，禾净如拭，而蝗害顿除矣"！

在古代，除了指望苍天，还能指望的就只有清官了。明代学者张岱在《夜航船》中记载：东汉马援为武陵守时，"郡连有蝗"。于是马援"援赈贫羸，薄赋税"。结果蝗虫竟然都飞到海里，化为鱼虾。该书还记载了宋均为九江太守的时候，蝗虫飞到九江就散了。《坚瓠集》亦记宋代的於潜县令毛国华，为政清明，蝗虫也不敢入境。苏轼遂作诗一首曰："宦游逢此岁年恶，飞蝗来时半天黑。羡君封境稻如云，蝗自识人人不识。"说的就是蝗虫不敢得罪清官。

比上述都有意思的是清代学者王守毅在《篛廊琐记》中写的商丘知县赵申乔。一直以来，赵申乔素有廉名。有一天他突然交给一个胥役牒文说："你速出城西门，持此牒到水池铺。遇到一个肩上搭着褡裢，疾走如公差样的人，就把此牒给他看。听听他怎么说，然后赶紧回来告诉我！"那胥役一向办事麻利。他跑到水池铺等着，一会儿真的就见到了赵申乔说的那个人。"胥呈牒"，那人看罢笑道："也罢，你回去告诉县令，我终究要叨扰他一顿饭的！"胥役莫名其妙，回来告诉赵申乔。赵申乔立刻召集城中所有家产丰裕的缙绅之家，"造饭，遍铺郭城"。大家虽然都照做了，但仍是一头雾水。就在这时，只见"飞蝗蔽天而来"，风驰雨骤地吃完了人们预备好的饭就飞走了。而"禾黍一无所伤"。这时人们才知道，原来是赵申乔请蝗神吃饭，蝗神便给了赵申乔面子。

3．蝗虫下酒是美味

当然，上述各种祈求神灵或清官发威，纵使能"消灭"蝗虫，也是百分之百巧合使然。编出这些故事，无非是文人们不失时机地教化人心。而随着时间推移，越来越多的人意识到，仅仅靠编这些故事是没有用的，还是姚崇的方法——主动灭蝗和驱蝗最正确。比如，用火光吸引它们飞来后，扑打焚烧。还有就是早一点找到虫卵加以铲除。在《清稗类钞》中就明确提出："（蝗虫）雌虫秋晚产卵于地，翌春孵化，是名曰蝻，驱除之法，普通多掘产卵之地，杀其卵子。迨至春日，多数之卵浮出水面，则收聚而烧毙之。若制大网捕取成虫，亦一法也。"

如果真的用大网捕捉到了大量蝗虫，那又该怎么办呢？今天的很多国人在看到非洲蝗灾时，都不无豪迈地表示，只要它们胆敢犯我国境，必以炒勺铁铲相迎、热锅烹油相待，吃它个干干净净！其实在我国古

代，对这些害虫，照样也是这个字——吃！人们虽然觉得蝗灾乃是一种"神迹"，但蝗虫可不是不容侵犯的"神物"，

蝗虫的食用据说起源于唐太宗李世民。《资治通鉴》记载：贞观二年发生蝗灾，唐太宗入苑中，抓到几只蝗虫。只听他祈祷道："民以谷为命，而汝食之，宁食吾之肺肠。"举手欲吞之，左右大臣说："恶物或成疾。"唐太宗说："朕为民受灾，何疾之避！"然后就吞了下去。"是岁，蝗不为灾"。既然千古明君吃了都没事，那么小民就更不用担心了，从此大吃特吃起来。《茶余客话》中记载："大河以北人多食蚱蜢、蝗虫，其来久矣！"然后举例宋代著名的隐士史应之当塾师时，酷爱吃蝗虫，好友黄庭坚写诗嘲笑他说："先生早擅屠龙学，袖有新硎不试刀。岁晚亦无鸡可割，庖蛙炒蜢荐松醪。"明代科学家徐光启在《农政全书》里也记载道，他曾经去天津考察农田水利情况，正撞上当地发生蝗灾，"田间小民不论蝗蝻，悉将煮食"。由于其滋味跟干虾没什么区别，所以古代才将蝗虫和虾归为同一种动物，"在水为虾，在陆为蝗"。所以即便天天吃蝗虫，"与食虾无异，不复疑虑矣"。到了清代，北方更是食蝗成风。如《清稗类钞》记载，豫、直两地的乡民特别喜欢吃蝗虫，"火之使熟，借以果腹"。尤其春夏两季，蝗虫繁殖迅速，以致满坑满谷随处都有。最初本是怕它们伤害麦苗，将它们吃掉，可以减轻危害的程度。后来发现味道不错，以至于"食之者大不乏人"。当时，主要的烹调方法是用油炸，吃起来特别香。另外，山东人拿蝗虫下酒更是"甘之如饴"。还有些地方的人"见草中有之，即欢笑扑取，火燎其须与翅，嚼而吞之"。

面对网民们表示"蝗虫胆敢犯我国境，吃也要把它们吃光"的豪言

壮语,有些专家学者提示,切不可以轻慢之心待蝗灾。这种提示无疑是正确的。不过从另一个角度讲,面对任何天灾,多几分乐观精神更是必要的。如明代笔记《苏米志林》曾写宋代大书法家米芾的事迹:米芾任雍丘县令时,蝗灾大起,雍丘除蝗得法,临县灭蝗不力,反而责怪说是因为"雍丘驱逐过此"。于是临县一本正经地给雍丘发来公文,扬言"请勿以邻国为壑"。米芾看了大笑,在公文的纸尾写诗一首曰:"蝗虫原是飞空物,天谴来为百姓灾。本县若还驱得去,贵司却请打回来。"看了的人无不笑到喷饭。

二、八双"象牙筷子",揭示"人骨经济"

在我国古代,由于科学不昌、迷信流行,"人骨"一直被视为承载魂魄的载体。进而,人们认为其具有某种"灵异"的作用,甚至能够通过"易骨"来改变命运。比如,明代朱国祯所著《涌幢小品》里便写山东东阿人侯钺,在年少时"游古庙,见一髯翁步入,自称九华山人"。只见他突然抓住侯钺的手说:"只要给你换一根骨头,必然大富大贵。"于是揭开他的上衣,掌心在他肋下一按,似乎把什么东西塞入体内。侯钺只感觉到"微痛",但此后果然否极泰来,大富大贵。

活人尚且如此,死人的骨头就更具有某种神秘的力量了,绝对不可轻易触碰或迁移,稍不小心就会惹祸上身。然而也有某种例外,如清代学者俞蛟在笔记《梦厂杂著》中,就通过一段亲身经历,揭示了阴森恐怖的"人骨经济"。

1. 筋肉都尽,骨犹屹立

"骨蕴魂魄,骨有灵异"的种种记载在古籍中并不鲜见。如笔者随手翻开案头的一本书——清人王椷所著之《秋灯丛话》,便找到一则笔记:湖北黄冈有个名叫史子见的,他正好遭逢明末天下大乱,便率领乡亲们御敌。结果不幸被贼寇抓住,贼寇用刀子将其寸割杀害,"筋肉都尽,骨犹屹立"。感到惊恐的贼寇们将他的尸骨锁在彰孝坊上,"夜分锁脱,骨走临湖寺"。乡民们哗以为神,"建祠祀焉"。

对英雄之骨顶礼膜拜，可以获得某种庇佑。而对普通人暴露于外的尸骨予以掩埋，也会得到善报。

如明代笔记《集异新抄》中便提到过苏州有个姓周的书生，"行于野，见莹然白骨，拾视，一枯骨"。路遇白骨还好，问题关键是骨头上还刻有"窃盗"二字。周生知道，这八成是个被处死的盗贼骨头，遂扔到一旁，继续赶路。"行未数步，耳边微闻人语曰：'能掩我，当有以相报！'"周生想了想，觉得盗贼也不应曝骨于野，便"从人家借锄埋之"。随后，他就把这件事抛之脑后了。不久后，他又路经此地，忽然见到埋骨之地有一只老鼠钻出地面，并拱出一个匣子。他打开一看，里面竟有三十二两黄金。

事实上，这类笔记的创作初衷大多是因为古代"发墓成风"。盗墓贼掠走陪葬之物，扬骨碎颅惨不忍睹，所以著者才杜撰此类故事，奉劝人们尊重死者，告诫人们"莫轻数尺黄泥壤，埋却斯人后更无"。不信，下面两则笔记就告诉你如果不好好对待别人的骨殖会有什么报应。

第一篇记载在《子不语》中。说有位姓叶的商人在杭州龙井开辟一片茶园，"有倪某者，为叶择开工期"，并主持平整土地等建设事宜。十年后，叶姓商人身故。而与此同时，倪某忽然暴病，他说每天都"有群鬼附其身，语音不一曰：'还我骨！还我骨！'声啾啾然"。最后有个自称陈朝傅的人说："我等助萧摩诃南征北讨，葬此千年，汝何得与叶某擅伤我骨？"家人们一听知道大事不妙。他们知道萧摩诃乃是南北朝时期的陈朝名将，看来这个陈朝傅必是他麾下要员。现在会出现这种情况，一定是十年前开辟茶园、平整土地的时候，大家胡乱处理了那些埋葬了千年的朽骨，结果才惹祸上身。所以大家便跪求陈朝傅的鬼魂饶恕。可陈朝傅怒气不消地说："倪某与叶某擅将我等数十人的尸骨混行抛掷，以致男装女头，老接少脚，至今丛残缺散，如何能咽下这口气？"家人们一再哀告，才得到"全骨法"。即请一道士作法，拾得残骨，重新拼接。最后"髑髅数十具皆有白气萦绕，旋滚成团，其缺处皆圆满矣"。不久倪某慢慢醒来，捡回一条命。

类似的事件亦见于清末郭则沄所撰之《洞灵小志》。书中记载，苏州一位名叫陆古畲的人"年轻好事"，非要整修家附近一片荒废园子。当时，别人劝他别瞎折腾，他不听非要整修。结果，他在平整土地的过程中发现一处坟墓，里面的骨头已朽。他想将这些骨头改葬别处，就找了个瓮，往里面塞，却"口细不得入"。见装不下，他竟将骨头全打碎了硬塞进去。"是夕，古畲即发狂"，只听得他口中大发鬼声："我在此地埋葬很久，为什么要将我的骨头砸烂，使我不得投生，今天定要索你性命！"陆家"恐甚，环哀之"。那鬼却誓不罢休，陆古畲撑不多久，即一命呜呼。

2．乱埋尸骨，恶鬼上身

从上文是不是能得出结论，如果在野外看到散碎的人骨，就应当主动掩埋之呢？其实也不尽然。下面我再给大家讲个故事。

咸丰五年（1855年），著名学者汪道鼎的父亲任上海县丞。汪县丞"偶散步郊原"，发现当地因为贫穷，无力埋葬，所以"多停棺不葬。棺材上或盖以草，或砌以砖，置之内外城根及田野间。历年既久，子孙日益贫困，每致棺木朽脱，尸骨暴露"。汪县丞心有不忍，便与学博包山甫商议，准备自己捐钱埋葬这些尸骨。正好汪道鼎从军营放假回家，其父便命令他和贡生李吟香主持此事，"亲率人夫[①]，捡拾埋葬"。

汪道鼎在笔记《坐花志果》中记载，听得这项事宜，李吟香面有难色。汪道鼎便问他所忧何故？李吟香说："捡骨之难，稍一不慎，立致奇祸。"然后他给汪道鼎讲了一件事：在几十年前的乾隆年间此地曾有位姓周的县令，"莅任兹土，观暴骨而惨之。捐廉购地，检骨分埋"。可惜的是，具体经办这件事的人毫无责任心，任凭民夫胡乱捡拾，"男女不分，彼此不辨，颠倒混淆，零星抛散"，结果导致这个人的胫骨和那个人的肘骨放在一个坛子里，男人的头和女人的脚合为一具尸体下葬。更加糟糕的是，有的棺材尚且完好坚固，或者稍有一些朽坏，修补一下就可以了，"掩埋者辄皆硬行劈开，搜取棺中所有"，简直就是明目张胆的盗墓！

掩埋尸骨的工程刚刚完毕，那个经办者就病倒了。"病中见男女无数，或折一臂，或跛一足，或男子而双翘纤小[②]，或女貌而躯干雄奇"，完全是一群被胡乱拼接成的恶鬼。其他还有从胸口到后背穿个大窟窿的、缺鼻子少眼睛的，更是数不胜数。它们一起围在病人的床边谩骂不休。病人不胜其苦，闭上眼睛捂住耳朵，恶鬼们"则拔耳拧眉"。见状，家人找来和尚、道士祈祷禳解，却全无效验。没过多久，周知县也病倒了，"病中辄闻呼冤声，众口哓哓，不可悉辨"。大约都是在声讨他搞得骨殖错乱、横遭抛撒、发棺劫财，有的甚至扬言已经请命于神，定要让所有经事者遭到恶报。不久，周县令与经办者相继去世。"凡

[①] 即苦力。——编者注

[②] 双翘即双足，这里指女性的小脚。

与斯役者，数年中无一存者"。

汪道鼎听完李吟香讲的故事，不免大发感慨："有为善之念，而不以实心实力行之，鲁莽灭裂，其害又甚于不为者。"意思是行善如果不用心，还不如不做，否则反而会惹祸上身。

道理是这么个道理，不过也要分具体对象。

明代学者陆容在《菽园杂记》中曾记一事，系他亲身经历。"予奉命犒师宁夏，内府乙字库关领军士冬衣"之时，见内官手持数珠一串，其色泽很像是象骨，但比象骨红润。陆容便问这是什么材料制成的。内官说，这是太宗皇帝（明成祖朱棣）白沟河大战时，由于阵亡军士骸骨遍野，皇帝感念至深，命令收其头骨，打磨并规制成珠串，分赐给我们内官念佛，冀其轮回。又有头骨深大者，则以盛净水供佛，名为天灵碗。

看见没有？同样是操弄遗骨，换个人、换个由头，不但没有厉鬼作祟，反而视为恩泽滂流了。

3. 名为象牙，实为人骨

遗骨有灵乃至作祟，很明显是蒙昧的人们的一种想象。这一点，从乾嘉年间的学者俞蛟所著之《梦厂杂著》中的一则笔记可窥一斑。在这则笔记中，利用人骨大发横财者不但没有遭到任何报应，反而赚了个盆满钵满。

"出永定门里许，有地藏庵。主僧陈姓，本刑部吏胥，作奸被黜，髡顶为僧。庵四周多隙地，凡客死者，皆就其地瘗之而收其殖。"这一年春天，俞蛟郊游来到地藏庵，信步走进后院有几间草屋。他往里一看，不禁毛骨悚然。只见里面尸骨累累，"杂骨如竹头木屑，堆置墙角如草"。但只有长骨被绑在一起，整齐排列，挂在高处，仔细看发现是人的胫骨和臂骨。

俞蛟说自己看了后感到"惊心惨目"，便叫来陈姓主僧问这里面怎么这么多尸骨。主僧说，这都是那些没有子孙后代祭扫的败棺破冢，尸骨暴露于荒烟野草之间，我们将其捡拾起来，准备焚化后掩埋。俞蛟点点头说："此乃功德无量之举啊！"这时旁边有个游客放声大笑："真的是这样吗？"然后便扬长而去了。

俞蛟觉得此人可能了解什么内情，便跟他到寺外详问究竟。这个叫某甲的游客说，自己有一次渡河，遇到风浪，船停岸边。同船一人无所事事，便拿出两根骨头，"出刀具切磋之"，然后做成了八双筷子。筷子"色白而纹理细密好像象牙"，很快就被船上其他渡客高价买走。某甲"心窃异之，而未敢问也"，直到相处时间长了，成了无话不谈的朋友，才趁着酒酣耳热之际，详细询问骨箸是什么材料制成的？那人便给他做了一番"科普"："骆驼、牛的骨头，色泽枯干少纹理；象牙纹理较直密，颜色微微发黄而有光泽，是做骨箸的上佳材料。然而大象没有犬、羊、牛、马那么多，其牙齿很多年才能生长一颗，哪里能够供给海内之用，所以只能用替代品了。"某甲问是用什么替代呢？那人一指自己的胳膊，又指了指自己的大腿。某甲大惊失色："难道是人骨？"那人点头道："凡是骨头色白而纹理细密，仔细观察隐隐有方格者，都是人骨。只是往外卖的时候称为象牙，且与象牙同价。"某甲又问这些人骨从哪里来的。那人说，有些不守清规戒律的和尚专门做此营生，将抛掷在乱坟岗上的无主尸体带进寺庙，然后将臂骨、胫骨截下卖给制骨箸的人。"以其髑髅杂骨焚化以掩人耳目，由来久矣"！

听到这些闻所未闻的"内幕"，俞蛟叹息不已。他总算明白了为什么陈姓主僧会把那些长骨整齐装列挂在高处，而将杂骨"堆置墙角如草"了。说白了前者是可卖高价的材料，而后者只是一些无用的"下脚料"！这时，他不禁愤愤然道："夫兔死狐悲，物犹伤类，胡乃同具人形，忍心惨毒，曾狐兔之不若耶？地狱之设，正为斯人！"

地狱是不是真的存在，没人知道。而且俞蛟一介书生，言论也未免意气用事。他并不明白：胆敢截取人骨售卖，跟阴曹地府抢饭吃的人，他们本身就是地狱！

三、打雷怎么成了"专治不孝特效药"？

旧时骂人，最狠不过"千刀万剐"和"天打五雷轰"。但仔细品鉴，二者在用法上似乎略有差别：前者大多用在与自己并无关系的"外人"身上，虽属诅咒，但走的是"法治"路子；后者则往往用在与自己存在亲属或者邻里关系的对头身上，由于种种原因，其所犯罪行或过失，官府不能及时惩办，故祈祷"天报"。

细翻古代笔记可以发现，实际上"天打五雷轰"对某一种行为也"情有独钟"，这种情节就是不孝。

1. 雷击儿媳："粪熏肉"拿给婆婆吃

中国古代天文学较为进步，很早就对雷电有相当正确的认识。如西汉的刘安就在《淮南子》一书中写道，"阴阳相薄为雷，激扬为电"。真是言简意赅。可惜，专制社会的特征之一便是将真正的知识垄断在极少数人手中，对绝大部分老百姓则采取"愚民政策"。这就导致有科学而无科普，以致民间只能用最质朴的思维方式来认识雷电现象：天雷滚滚是上苍发怒；电光闪烁是要击倒那些有违人伦天道的人。反正按照天人合一的思想，老天爷闹出这么大动静总不会是单纯为下场大雨预热。

其实清代之前的笔记中，也记载过很多雷电击倒或击伤人的案例。但这些案例与孝道挂钩的并不多见，反倒是经常用来表现官员的某种勇敢和镇定。比如，《世说新语》里写夏侯玄倚柱读书，"时暴雨，霹雳破所倚柱，衣服焦然"，而夏侯玄神色不变，读书如故。《南唐书》写开宝年间常州有位刺史名叫陆昭符。一天他与部下坐在官厅上处理政事，"雷雨猝至，电光如金蛇绕案，吏卒皆震仆"。只见陆昭符神色自若，抚案斥责雷电干扰政务，结果"雷电遽散"。类似这种记载，大概可以统统看作赞扬官员有泰山崩于前而不变色的气势。

但从明朝后期开始，尤其是清代，雷电越来越成为专治不孝——尤其是不孝儿媳的"特效药"。这里面的原因非常复杂：一方面婆媳关系本来就不好相处。同在一个屋檐下，难免磕磕碰碰，拌嘴吵架什么的。另一方面，随着封建礼教的不断强化，认定"不孝"的标准越来越苛刻，甚至连脸色不好看都可以被视为忤逆。结果就是婆婆自恃有了靠山，有时故意刁难媳妇，造成婆媳矛盾动辄激化。而随着社会的发展，一些年轻女性不仅要承担家庭事务，还要帮着丈夫打理各种外面的事情。能力强了，自然脾气就大了，就更不容易受婆婆的管制……所以，如果单看古代笔记中的记载，清代的"不孝媳妇"层出不穷，且个个都心狠手辣。

这类笔记中，最具代表性的当数清代学者、画家俞蛟在《梦厂杂著》中所记的"雷击逆妇记"。这篇故事记述：浙江龙邱湖镇村有个姓郭的人，以卖布为业，家中只有老娘和妻子。但"妻颇悍，不孝于姑（婆婆）"，而老娘年龄大了，耳目盲聩，很多时候不能自理。因此郭某害怕妻子对老娘每天的起居饮食有照顾不周的地方，都要亲自料理。有一天"郭因急事欲赴郡"，临行前对老婆千叮咛万嘱咐："我这次要出去三天，我娘每顿饭如果没有吃到肉都不会觉得吃饱，我已经买了肉放在厨房里，天气越来越热，所以我用盐腌起来了，足够三天食用的。"等丈夫走了，媳妇就把肉吊在茅坑上面，熏得臭烘烘的，然后每顿饭取出来蒸给婆婆吃。

郭某的事情办得顺利,提前回家来了。正巧见母亲正在吃饭,便问她肉好吃不?母亲皱着眉头说:"你这肉从哪里买的啊,怎么闻着有一股粪臭,只能勉强下咽……"郭某赶紧用筷子夹了一块放进嘴里,当时就被粪臭熏得呕吐起来。他马上去厨房找肉,但没找到,找了很久才发现肉竟在茅坑上吊着呢。所以,他便责问妻子怎么回事,妻子不占理,又不肯认错,只能破口大骂,骂丈夫也骂婆婆。而且她的声音很大,言辞粗野,最后把整个村子的人都引了来。大家好言好语为之排解,她却依旧诟骂不止。

就在这时,"雷声殷然,黑云如墨"。妻子似乎觉察到自己的行为惹怒了老天爷,撒腿就往后花园跑,然后找了个大瓮套在脑袋上当避雷针用。只听霹雳一声,一个巨雷击下,在瓮底打出了一个裂口,妻子的头穿过裂口露出在外面,好像戴了枷锁一般,锋利的裂口将她的脖颈割得鲜血淋漓,疼得她"宛转哀号"。婆婆不忍,要打破那个瓮把媳妇救出来。结果围观的人都说:"此天之谴逆妇也,违天不祥!"结果第二天妻子就死了。

2.雷毙逆女:一篮虾做生日礼物

无独有偶,清代学者钱泳所著《履园丛话》中有一则记录,堪称上面那篇的"姊妹篇"。故事说山东定陶有一位农妇,一向以虐待婆婆而出名。婆婆两只眼睛瞎了,想要喝一口甜汤,农妇却一边骂骂咧咧一边把兑了鸡屎的甜汤给婆婆喝。婆婆不知道,喝到嘴里才觉得味道不对,却只能忍气吞声。"忽雷电大作，霹雳一声，妇变为猪"，随后这只猪径直跑到厕所里吃屎。附近的人们听说了，纷纷涌来围观，竟达上千人之多，"其后是猪终日在污秽中游行，见人粪则食之"。

而北宋学者钱易所撰《南部新书》，还有更加奇葩的记录："河南酸枣县下里妇，事姑不孝，忽雷震若有人截妇人首，而以犬头续之。"

儿媳妇不孝尚且要变成猪犬，如果是亲生儿女虐待父母，那么更是少不了被天打五雷轰的。

《梦厂杂著》中写兰溪有个姓李的妇人，家里非常有钱，算是当地首富。她过四十岁生日的时候，"亲邻毕集，馈遗丰隆"。正在寿宴达到高潮时分，李姓妇人的妈妈来了。只见这位老太太满头白发，衣服也穿得破破烂烂，显得老态龙钟。她右手拄着拐杖，左手提着一竹篮的河虾对女儿说："你父亲不幸早逝，只剩我孤贫一人，住得离你又远。今天是你的生日，我没有别的什么送给你，今早在村外的小河里捞了这一篮河虾，算是给你的寿宴添道菜吧！"

在场的宾客都很震惊，没想到李姓妇人家道殷实，一天到晚穿金戴玉，却如此不孝，老娘竟穷困至此。李姓妇人大概也觉得丢人现眼，不禁勃然大怒，指着老娘骂道："你个老不死的。我爹都死了这么多年了，你还不下去陪他，留在世上做乞丐，我的脸都被你丢尽了！"然后夺过竹篮扔在地上，活虾撒了一地。

"母无言，俯首而泣"。

客人们有的劝，有的仰头叹息，有的默默地走掉了。眼见自己的寿宴被搅黄了，李姓妇人骂得更凶了。

"时日光当午，天无纤云。"本来晴朗的天空突然传来隐隐的雷声。"俄而阴云骤合，大雨倾注，轰然震激，有不及掩耳之势"，李姓妇人似乎还没有意识到大祸将至，还在诟骂不停，这时一声巨雷，那妇人"忽然趋跪阶下，一声而毙"！

在惩治不孝上，雷公绝对能做到不分男女，一视同仁。如纪晓岚在《阅微草堂笔记》中记载：乾隆十三年（1748年），"河间西门外桥上，雷震一人死"。这人被雷击中后保持了很怪的形态：他端跪不仆，手里拿着一个纸包，里面的粉末经仵作检验后为砒霜。官府莫名其妙，不知这是怎么回事。俄而，死者的妻子赶了来，见到这幕景象，并不流泪，只是惨笑道："报应，报应，早知道他会有这么一天！"原来死者生前经常谩骂和虐待老娘。昨天夜里突然萌生恶念，去集市上买了砒霜，准备掺在饭菜里把老娘毒死。谁知老天有眼，"提前"一步对他祭出了杀招。

3．雷警不孝：篆体字乃是雷击伤

还有最狠的：由于一家人虐待老人，而遭雷公"团灭"的。在《履园丛话》中曾记述道光十年（1830年）事，"五月十九日大雷雨，高邮新工汛震死三人于太平船上，行人聚观"。经过仔细了解，大家才知道，三位死者分别是从北京前往广东的候补知府卓龄阿、其妻关氏以及本船舵工一人。卓龄阿的仆人说，卓龄阿十分不孝，虽与其母分院居住，但从来不去探望老太太。他老婆关氏也一样对婆婆很冷淡。卓龄阿要赴任广东的消息传到他母亲耳中后，老太太便差人对卓龄阿说："咱们母子俩好多年不见了，这回你去广东，路途遥远，我年龄又大了，还不知道将来有没有再见的机会，你要是没什么事就来看看我吧。"而卓龄阿夫妇理也不理，照常出发。结果在半路上竟然被雷劈死，只可惜那个舵工也倒霉，跟着他们吃亏……

不过笔者以为，卓龄阿夫妇的行为也许称得上不孝。但和前面那几桩忤逆、虐待的事例不可同日而语。现在遭此天谴，未免太"重"了一些。其实古代笔记中的雷公也并不动辄下死手，往往还是给那些"情节较轻"的不孝子女一些警告的——比如在皮肤上"刻字"。

如清代学者汪道鼎便在笔记《坐花志果》中写道：江西有个赶鸭为生的某甲，其父老迈年高，某甲则动辄辱骂。有一天"忽震雷一声，提甲跪于院中，乡里趋视，见其须眉衣裤，尽为雷火所焚，神魂皆痴，不言不动"。很快，又有人发现他家的锅底出现了一行"朱书篆文"，辨为"雷警不孝"四字。不久，某甲醒来，从此痛改前非，再也不敢不孝顺老父亲了。

其实，打雷击中人的身体，往往都会在体表留有烧伤的痕迹。而在科学不甚发达的古代，人们往往将其看作雷公留下的题词。尤其这种事落在不孝子身上，更成了"天雷报"的铁证。比如，大名鼎鼎的北宋科学家沈括在《梦溪笔谈》中也记载过很多这类事情："世传湖、湘间因震雷，有鬼神书'谢仙火'三字于木柱上，其字入木如刻，倒书之；秀州华亭县，亦因雷震，有字在天王寺屋柱上，亦倒书云：'高洞杨雅一十六人火令章。'凡十一字，内'令章'两字特奇劲，似唐人书体，至今尚在；余在汉东时，清明日雷震死二人于州守园中，胁上各有两字，如墨笔画，扶疏类柏叶，不知何字。"身为科学家的沈括尚且如此，遑论别人了。直到南宋，宋慈才在《洗冤集录》中，明确提出这只是"雷震死"造成的一种正常生理现象："凡被雷震死者……胸、项、背、膊上或有似篆文痕。"但大多数中国古人在科学与玄学的选择题上，最终选择了玄学。比如，清代学者宣鼎在《夜雨秋灯录》中依旧记载："吾邻查氏宅，暑雨中，暴雷绕垣奋击，后视垣面一砖，去粉琢磨，朱书'令'字，径四寸余，秀健如赵文敏笔法。"

对于古代笔记中大量涌现的"雷劈不孝子"，周作人认为这些大都是心地褊窄的文人的某种精神胜利法："见不惬意者即欲正两观之诛，或为法所不问，亦其力所不及，则以阴谴处之，聊以快意。"[①]事实上，如果统计一下全部被雷电击中身亡的人，恐怕会发现"不孝子"只占很少一部分，绝大多数都是善良朴实的不幸百姓。但中国古人在天人之间总喜欢硬搞出一套"因果关系"，把能证明这种"因果关系"的案例归到一堆，把那些不能证明的案例则选择性无视，然后为自己悟透了天道而窃喜。于是乎千年过去，打雷的依旧打雷，挨劈的依旧挨劈；不孝的依旧不孝，窃喜的依旧窃喜。

---

① 见周作人《瓜豆集》。——编者注

四、端午节才能制造出的"终极毒物"

中国古代的节日,大多具有祈福和驱灾的双重含义,但端午节一定是以后者为主的。如在我国第一部记载古代岁时节令的专著《荆楚岁时记》中,"端午节"条中便有"采艾以为人,悬门户上,以禳毒气"就是明证。农历五月初五是盛夏的"标志点",这天开始蚊蝇滋生、瘟邪生发、疫病流行,对于医疗条件极差的古人而言,正是容易感染流行病死亡的时节,所以也被称为"恶日"。由此可见,古人如果祝亲友"端午节快乐",轻则"拉黑",重则"约架",那是免不了的。

所以,在古代笔记中,对端午节的记录,除了正常的时令风俗之外,还有不少诡异莫名的奇闻。

1. 金蚕蛊:端午养出的"毒"

清代学者曾衍东曾在笔记《小豆棚》中写过一则名叫"金蚕蛊"的故事。故事讲的是,云南"有养蛊家,杀人渔利,利得亦自杀,名曰'金蚕'"。这种金蚕的制作方法十分奇特:要在端午节这个诸多毒物毒性大发的"恶日",把蛇、蝎子、癞蛤蟆、蜈蚣等毒物放在一个容器里,任凭它们自相残杀、互相撕咬,最后剩下的那个"终极毒物"便是金蚕,而且"毒之尤者矣"。然后人们会把五色绫锦撕裂了喂给它吃,慢慢饲养。等金蚕养大了之后,主人就能用它施毒害人。凡是中了金蚕之毒的人,疼痛不已,十指发麻,求生不得,求死不能。这时,只要施毒者以解毒为条件让他交出粮米银钱,"无不如意"。当然,也有一个问题,那就是必须"按月必蛊一人以为飨蛊者",不然金蚕有可能就会反噬主人,带来灾祸。

有一对姓章的夫妇,家中有三女一子,因"无以为生,遂蓄一蛊,蛊成,家巨富"。与此同时,这家人的奴仆、小厮却开始莫名其妙地死掉。最初大家还不知道怎么回事,后来才发现,原来这家是养蛊的,每月招一个奴仆小厮用来飨蛊了,结果便是吓得附近的住户纷纷搬家,绝不敢登他们家门半步。以至于"章虽多金,而门致可罗雀"。章家一看找不到活人给金蚕享用,也着急了,干脆在路上设置酒肆,把灌醉的客人抓去飨蛊。消息很快传开,大伙儿对那酒肆也避之不及。这一下姓章的又没辙了。

前面说过,姓章的有三个女儿:大女儿荷珠已经嫁人,二女儿莲珠、三女儿露珠也都到了嫁人年纪,他就打起了女儿们的主意。可是,她们家养蛊的事情附近十里八乡早已尽人皆知,根本没有媒人上门。恰巧,有个名叫毕路的湖北人,到云南做生意,认识了章某。章某打听到他三十岁的时候死了老婆,便做主把二女儿莲珠许配给他,"毕不知,遂婚焉"。一开始,毕路因为莲珠长得貌美,家里又有钱,两人恩恩爱爱。只是莲珠望着他的时候,经常叹息不已,泪眼婆娑的。毕路不明就里,想是女儿家有不好言明的心事,也不多问。谁知露珠望着他的目光也十分哀伤,这就搞得他莫名其妙了。不久之后,老岳父请他喝酒,把他灌得酩酊大醉。多亏莲珠发现了,硬将他拉回房里,才把实情相告。毕路听说自己差点成了金蚕的"干粮",吓得出了一身冷汗,便问老婆怎么办,莲珠小心提防,"为之百计防检,且若姊妹亦与有维持之力,故章父母不能行其毒"。

但总这么躲着也不是办法，莲珠决定偷偷带毕路一起逃走，"父母亦如女之防其蛊之防其去，如是遂皆不安"。

一个要下毒，一个防下毒，双方的拉锯战在不久后的一天终于有了胜负。这天，章某说请毕路执笔帮忙写一封信，并递给他一支毛笔。毕路习惯性地吮笔而书，结果正好金蚕的蛊毒就下在了笔尖上，毕路一命呜呼。莲珠"悲怆甚，遂藁葬于野"。此时，正好遇到县令朱某。朱某看她悲伤不已，问明了情由，遂决定除掉金蚕之害。这天，他提着一个竹笼，带着一班衙役，突然冲进了章家。进门后打开竹笼，原来里面有两只刺猬！"猬出，入其家周遭寻剔，凡榻下、墙孔，稍可匿之处，莫不闻嗅。后至其大厅左柱间，钻穴以下。约三时，两猬擒一虫出，如赤蛇一圈，无头，臂大可围"，正是那只金蚕！"

朱县令下令抄了章某的家，经过仔细审问，"其所掠骗毒杀，不可胜计，后死于狱"。

后来，据县里医生说，那只金蚕其实还有起死回生的妙用。因此朱县令便按照医生的指点，打开毕路的棺材，见"尸未损，以瓮莱汁并死蛊烹而灌之，遂苏"。莲珠带着丈夫回到了家，毕路连着拉了三天肚子，才算把毒排干净，"视其秽，而死蛊大小纠结相缠，如锁子环"。

2．叩门声：端午迎来的客

清代大才子袁枚在《子不语》中写过一件与端午节有关的奇事。故事说广东有两位生员，一名姓赵，一名姓李，他们一起在番禺山中读书。这一年的端午节,两位年轻人在山中同饮甚欢,不知不觉就到了二更天。突然听见屋子外面传来叩门声。他们很是惊讶:这深山老林的,怎么会有客半夜来访呢?他们打开门一看,发现竟然是一位衣冠楚楚的书生,"自云相离十里许,慕两生高义,愿来纳交"。赵、李二人遂邀请他入座,大家先聊科举,再聊古文词赋,赵、李二人深为其才华所折服,自愧不如。最后,他们聊到仙佛之事。赵生一向不信世上有什么仙佛,书生却很是相信。赵生说:"要是真的有仙佛,你给我证明一个看看!"那书生道:"这有何难。"只见他把桌子和茶几叠起来,大约有五尺高,然后又邀请赵、李二生一起站在桌子上面,"登时有旃檀之气氤氲四至"。然后书生把身上束衣服的绢带捆在房梁上,做成一个吊环。随后指着吊环对赵、李二生说:"把脑袋从这吊环里钻进去,就能见到佛了!"李生本来就迷信,往吊环里一看,见里面有观音、韦驮,烟云缥缈,便把脑袋伸了进去;而赵生往吊环里一看,只见里面有无数獠牙青面的恶鬼和吐着舌头吊死的人,他顿时大喊大叫起来。这时李生如梦初醒,"虽挣脱,而颈已有伤"。再寻那书生,已杳然不复可见。赵、李二人侥幸脱险,觉得这山里有邪怪,不能继续在此读书,便各自回家了。第二年,李生考中了孝廉,会试连捷,官授庐江知县。谁知他刚刚上任,就因为犯了错误而遭到弹劾,自缢而亡。

迷信者以为看到了前程似锦,却不知入了亡身殒命的魔道;不迷信者拒绝了"烟云缥缈"的诱惑,虽没有升官发财,却也平安无事。这则发生在端午节之夜的深山故事,可谓大有深意。

纪晓岚在《阅微草堂笔记》中也记载过一件和端午节有关的趣事。他说自己的叔叔曾经在北京西城开了一家当铺,当铺里有个佣人名叫陈忠，此人负责买菜。有一天，陈忠的朋友们都说他在这等肥差上捞了不少外快，应该请大伙儿吃饭，陈忠却坚称绝无此事。

这一天恰逢端午节，陈忠打开自己的钱箱，发现储藏的数千钱，而今只剩下九百。他想来想去也想不出个头绪。因为钱箱的钥匙只有自己有，锁又没有被破坏过，这起盗窃案"恐非人力所为"。但他又转念一想，听说这当铺的二楼闹狐仙，经常隔着窗户跟人说话，所以怀疑是它做的好事。他便上楼去问狐仙，狐仙隔着窗户说："没错，这事儿是我干的。钱箱里剩下的钱是你买菜应得的工钱，这个你自己心里有数。其他的钱都是你每天借着采购私吞的，原本就不是你的，今天是端午节，我已经买粽子若干、酒若干、肉若干、鸡鱼及瓜菜果实各若干，还买了雄黄酒，都放在楼下那间空屋子里。现在天气酷热，你还是早点把它们烹调了吃掉，不然恐怕会腐败哦。"

陈忠跑下楼，打开空屋一看，果然如狐仙所言，"累累俱在"。陈忠气得不行，浪费了吧，舍不得；都吃了吧，又吃不下，只好把食材烹调了之后，将好友们叫到一起，打着聚餐请客的名义，吃了个精光。

如果说赵、李二生的故事还纯属杜撰的话，陈忠的故事则大有可信之处。这八成是他的一个"促狭鬼"朋友眼馋他私吞钱财，便偷了他的钥匙，开了钱箱拿了钱，买了食材美酒，然后躲在二楼装成狐仙"指挥"他请客吧！

3．马莲香：端午独有的味

在中国古代，端午节是很重要的节日，无论是官方还是民间都非常重视。五代学者王仁裕在《开元天宝遗事》中记载，"宫中每到端午节，造粉团角黍[①]置于金盘中"，然后唐玄宗率领妃子和宫女们，用小弓箭射盘子里的粉团，谁射中谁吃。不过射中也很难，因为"盖粉团滑腻而难射也"。不久之后，这种游戏流传到了民间，成了整个长安城的"端午节必备节目"。《清稗类钞》中记载，每到端午节，乾隆帝都会"命内侍习竞渡于福海，画船箫鼓，飞龙鹢首，络绎于波浪间，颇有江乡竞渡之意"。皇家过节过得高兴，自然要普天同庆。如明代学者陆容在《菽园杂记》中写道："朝廷每端午节，赐朝官吃糕粽于午门外，酒数行而出，文职大臣仍从驾幸后苑，观武臣射柳，事毕皆出。"《清稗类钞》也提到过，清代的"世家大族"在端午节都要互相馈赠粽子，"副以樱桃、桑葚、荸荠、桃杏及五毒饼、玫瑰饼"。

与皇家官吏的"节庆"相比，老百姓过端午节，看重的却是"驱邪"。据《帝京景物略》和《燕京岁时记》记载，明清两代北京城过端午节，"市肆间用尺幅黄纸，盖以朱印，或绘画天师、钟馗之像，或绘画五毒符咒之形，悬而售之。京都人士竞相争购，贴之中门，以避祟恶"，"家家悬朱符、插蒲龙艾虎，窗牖上贴红纸吉祥葫芦，幼女剪彩叠福，用软帛缉缝老健人、角黍、蒜头、五毒、老虎等式。抽作大红朱雄葫芦，小儿佩之，宜夏避恶"。

陈鸿年先生在《北平风物》一书中，也写过民国时北平过端午节的情状：女孩的辫子上往往会插着红绒做的小老虎，胸前挂着用五色绒线缠的一串串的小粽子；男孩子则要用雄黄在脑门上写个大大的

[①] 即粽子。

"王"字，鼻翼和耳朵眼儿上也都涂以雄黄——这种风俗其实是从明代开始出现的。《闽越搜奇谈》也记载：闽地在五日，以雄黄浸水，蘸书"王"字于儿童额上。这种风俗称作"画额"。可见很早以前古人便对雄黄杀虫驱毒作用有所认识。至于家中的主妇们，从清早起来就要忙碌不停。她们先把准备好的蒲艾插在门口，大门口的正上方贴一张绘有红色判官的黄表纸。等完事之后，主妇们还要用红纸剪些蝎子、蜈蚣、长虫、蝎虎子、钱龙等玩意儿，贴在炕沿儿、窗台和水缸边儿上，跟古时候的意思一样——驱毒避邪。

不过在我童年时，已经见不到端午节时的盛况了。那是20世纪80年代，在南方也许还有赛龙舟；在北方似乎只剩下了吃粽子这一项内容。我现在还记得童年时在北京虎坊桥的姥姥家的那些事，每逢端午节，姥姥都会买来一大堆苇叶包粽子的情景和满屋飘扬的清香，与后来看到的《闾巷话蔬食》一书中的一段描述，恰与记忆重合。那本书中说："每到农历五月，苇塘里的苇叶已经长成了，水深点儿的地方叶子更宽，最适宜包粽子，房檐下成捆的干马莲，用温水发开，正好用来捆粽子，使粽子中多了一股马莲香。（包粽子）所用的'两米'都是家中常有的，白色的是江米（糯米），黄色的是黄谷子米，枣子不用大枣而用小枣，包好粽子放在水锅中煮熟，再放到冷水盆中冷却，剥开，撒上白糖，虽为乡味，却甚是好吃。"

而今，城里人过端午节，就连粽子也可有可无了。其他种种，蒲艾难觅、雄黄酒难寻，五毒饼更是只"活"在传说中了，有时候想想也甚是无趣。时代在飞速进步，每个人都唯恐被抛弃，为了冲得更快，恨不得裸奔。与之相对的是，人们早把许多传统习俗抛在脑后，不屑一顾。他们已经忘记了,生为中国人,能够证明我们是"龙的传人"的遗传信息,除了DNA,还应该有元宵的灯、端午的粽、中秋的月、除夕的情。

五、古代笔记中的"吃野味闹出人命案"

喜欢吃野味,绝对是我国饮食文化史上一种"源远流长"的糟粕。造成此种怪癖的原因多种多样:有的人迷信吃了野生动物有滋阴补阳的奇效;有的人认为野生动物的肉质比家畜更加鲜美可口;有的人用吃野生动物来炫富和显示自己的高贵……毋庸置疑,在我国古代的很多食谱和笔记中都记载着大量野味的烹饪方法。但与此同时,关于吃了野味猝发重病的记录也是俯拾皆是。

1. 果子狸"鲜味难得"

如果你翻开古书数一数,便会发现几乎没有任何一种野生动物能逃过中国人的餐桌。按照《清稗类钞》记述,除了熊掌、猴脑、象鼻、驼峰之外,如"田鼠、蛇、蜈蚣、蛤、蚧、蝉、蝗、龙虱"等也不罕见,而且吃法多种多样。比如蛇,"其干之为脯者,以为下酒物,则切为圆片;其以蛇与猫同食也,谓之曰龙虎菜;以蛇与鸡同食也,谓之曰龙凤菜"。再比如蔗虫,"形似蚕蛹而小,味极甘美,居人每炙以佐酒"。又比如蜈蚣,"自其尾一吸而遗其蜕"。还有龙虱,"若设盛席,辄供小碟一二十,必以此品居上,碟中铺以白糖"。甚至还有蝼蛄,"身形如虾,两螯如蟹,大可盈寸,捣之成膏,犹如广东、宁波人食虾酱一样"。当然,蝎子也必不可少,"去其首尾,嚼之若有余味"。不过,听起来确实也令人毛骨悚然。

清代学者破额山人在笔记《夜航船》中记载粤人习俗,"蛇最贵,鼠次之,蜈蚣、土笋又次之,犬豕牛羊则不贵"。贵的原因是,那些蛇都产自深山。每逢抓捕时猎户们要提前找到其洞穴,然后在附近遍插削尖的竹片,"蛇将出穴,先有大风,腥闻数里,蛇户伺之,须臾奏然直出,触着竹尖,遍身划碎,血流遍地,更蟠纵数里,力疲仆倒,为人所获,其肉香美肥脆,在豹胎、猩唇之上"。当地的地方官上任,"蛇户献蛇重一百二十斤者为上味",以为惯例。

之所以对野味有这样令人不解的迷恋,主要原因还是一些古人有着"野生必美味"的错误认识。如明代大文学家李渔在《闲情偶寄》中的一段话很有代表性。他说:"野味之逊于家味者,以其不能尽肥;家味之逊于野味者,以其不能有香也。"而野味之所以香,在于野生动物"草木为家而行止自若"。当丰厚和味道不能兼得的时候,李渔认为应该"舍肥从香而已矣"。换句话说,宁可吃得少一些,也不能放弃对美味(野味)的追求。

正是基于这种理念,在古代笔记中赞美野味和传授烹调方法的内容也相当多。笔者随手翻开案头的几本明清笔记,便能找出一堆。明代学者陆容在《菽园杂记》里说:"宣府、大同产黄鼠,秋高时肥美,士人以为珍馐,守臣岁以贡献,及馈送朝贵,则下令军中捕之。"明代博物学家谢肇淛在《五杂俎》中记载:"岭南蚁卵、蚺蛇,皆为珍膳。水鸡、蛤蟆,其实一类。又有泥笋者,全类蚯蚓,扩而充之,天下殆无不可食之物。"有一次他在安丘的餐桌上甚至还看到了蚰子(蝈蝈),"炸黄色入馔,缙绅中尤雅嗜之"。清代学者李光庭在《乡言解颐》中曾谈到布谷鸟在"麦熟时啄之则肥美,与北地铁雀同一食法,则较脵"。清代大文学家袁枚在《随园食单》里谈及果子狸时,甚至盛赞其"鲜者难得",并具体阐述了烹调的方法"其腌干者,用蜜酒酿,蒸熟,快刀切片上桌,先用米泔水泡一日,去尽盐秽,较火腿沉嫩而肥"。

2. 吃怪鱼"黑血漂流而死"

但是,"无物不可入口"的饮食观念和对野味的嗜好,也导致了各种传染病的横行。由于古代医学的局限,对吃野味与传染病的关系,认识还不够明确,因此能够录入古代笔记的"案例",基本上都是食用后立刻发病的恐怖故事。

清代学者徐承烈在《听雨轩笔记》中,便记载过两起吃野味中毒的事件。

第一起发生在杭州凤凰山顶。乾隆十六年（1751年）春,乾隆皇帝"南巡",有司在山顶建亭阁,以备皇帝登临。"辟土而下,见一池址"。人们在开工建设时,发现池子里还有几条鱼,"其状似鲤而无目"。起初,大家把它们养在水缸里,游泳自如。后来,有两个嘴馋的石匠将它们给煮了,吃起来才发现"肉似麻筋,毫无鱼味"。过了一会儿,两个石匠突然浑身浮肿！第二天,一个人"皮肤碎裂,黑血漂流而死";另一个人求医及时,"亟以雄黄及祛病之药解之,毛孔皆出黄水,卧床者月余,仅得不死",而头面部和身体表面皆作皱纹,宛若鱼鳞一般。

另一起则更奇。徐承烈称自己家乡有人养鸭百许,忽然发现每天放鸭下河之后,都会少一只。养鸭人仔细观察,"忽见一物出自中流,头如斗大,色黄黑,两目炯然"。他不知此为何物,遂邀集村民们各携鱼又前往,"其物复于水中昂首出,遽前击之,则已入矣"!后又多次捕捉皆未成功。后来,当地有位名叫道源的和尚建议,现在正值冬天,河水很浅,此物的洞穴必藏在桥下的石头里,咱们索性用石灰灌进去,看它出不出来!乡民们一听都纷纷叫好。于是大家买了十余石石灰,然后用小船运到桥下,"齐倾于桥下所见处,石灰入水,顷刻溶化,水皆沸腾,热气冲天而起"。那怪物忍不住灼烧,自沸处蹿出,渔民们一起举鱼叉攒戳之,将其杀死。等捞上岸来,才发现是一条巨大的鳝鱼,"遍体金黄而背微黑,目光如镜,长及二寻"。有个胆子大的乞丐将其割而食之,半天没出事。于是便将其截成十段,分给其他乞丐。大家吃了感觉味道肥美异常,但就在此时吃鱼头的乞丐突然发热并陷入昏迷,眼看就要不治而亡,多亏有个医生在附近及时用药,才终于脱险。

清代政治家薛福成在《庸庵笔记》里则记载过一起吃壁虎差点闹出人命的案子。壁虎在我国古代属于"五毒"之一,但有些人就喜欢吃。如"平湖县北有豆腐店伙,常食此物"。有一天,有个人抓到一条特大的壁虎给他吃。这伙计以往食用壁虎都要用豆腐皮卷起,但这次看也不看,直接吞下。"一年后,渐觉消瘦无力。有江湖游方郎中见而惊问之,谓腹中必有动物"。伙计的妻子回忆说,难道是他一年前吃下的那只壁虎?于是医生将这伙计各窍闭塞,"仅留其口而倒悬之,咽喉周围搽以药粉,少顷,物从咽喉探出,急欲捉取,物既滑腻,一时不及措手,忽已缩入"。医生说这下难了,病人倒悬太久容易昏死,可是现在将他解下来,恐怕那壁虎就再也不肯出来了!无奈家属们苦苦哀求,医生只好将更多药粉擦在伙计的咽喉部,"物再探出,立用铁钳夹住,众人围视,壁虎通身红色血艳"。围观的人们目瞪口呆,"皆知毒物之不可妄食也"。

还有比吃壁虎更凶险的，亦记载在《庸庵笔记》中。说上海有个鸡贩子。一天，他担着一笼鸡外出贩卖，突遇大雨，便在大树下避雨。"忽闻橐然一声，有物自树巅坠下，视之鳖也，大如九寸盆，首尾皆伸出五六寸"。此人将鳖捕置笼中，准备回家烹饪。谁知到家以后，发现笼子里的鸡都死了。他这才意识到这只鳖有剧毒，遂将其埋了，然后又把死鸡扔在了旁边。第二天一早，他发现有黄鼠狼、野猫各一只，都死在鸡旁。原来它们都是夜里吃这些死鸡而中毒毙命的。

3. 连吃几天虎肉也没"长力气"

民国时期，任万牲园（北京动物园）园长的著名学者夏元瑜曾经多次撰文，对乱吃野生动物予以痛斥。那些文章从自身经验谈及吃野味的无用与危害，读来不仅真实可信，而且触目惊心。

"我做了半世纪的动物标本，老虎、狮子、鹿等肉不知吃过多少——肉是剥皮之后的剩余物资——吃完之后什么效果都没见过。连吃了几天老虎肉，我也没增加一分的气力，（我养的）大狼狗吃了一整条的新鲜鹿鞭，也不见它有何异象，所以这些所谓的'补'，我由于实际的经验，一概不信。""中国近代人以为百物之鞭皆是补品，真是荒谬至今。鞭者是三条海绵体包着一条尿道，其无益于人可想而知。如说雄性动物的性腺（睾丸）于人有效，虽似有理，而实不可能：第一，动物死去之后，内分泌早已停止，如趁新鲜生吞下去，经过肠胃的消化后，再吸收也必然变质；至于风干或烘干的鞭和睾丸，更是枯死已久之物，和木乃伊一般，有何作用？"

夏元瑜还特别强调吃"野味"容易感染寄生虫："屠宰场的猪、牛、羊都要由兽医检疫过。猎取的野物可没人检验它，它们的寄生虫也最多。从前北美洲的熊多，有不少人全患了熊的寄生虫。吃草的野兽的口鼻附近和四肢内侧，也易被旋毛虫寄生，卵囊受高温而不死。总之吃了野物的内脏，进补的目的未必能达到，而被寄生虫'补'了去的机会却很多。"

除此之外，夏元瑜还讲了一桩他亲手做的尸检。死者是台湾一位女明星，"不幸春节初三，她去嘉义随片登台回来，在路上得了急性肺炎，医药罔效，驾返瑶池"。这位女明星死得蹊跷，其经纪人便委托夏元瑜做尸检。结果夏元瑜从这位女明星的肺里抽出两条五寸长的蛔虫来！夏元瑜回忆："四十年前上海市立动物园的一只老虎死于肺病，二十年前圆山动物园的一只日本赤熊也因肺病而亡，（假如它们的肺里也有寄生虫）您把这些沾满虫卵和细菌的肉吃下去，虽不一定传染上疾病，我就问您恶心不恶心？"

回想二十多年前，笔者刚刚大学毕业，正好参与了《健康时报》的创办。这张报纸在创刊号上刊载了一篇由记者赵安平撰写的、题为《吃野生动物易患怪病》的文章。文章中曾引用东北林业大学野生动物资源学院教授华育平的话："灵长类动物、啮齿类动物、兔形目动物、有蹄类动物、鸟类等多种类野生动物与人的共患性疾病有一百多种。如狂犬病、结核、B病毒、鼠疫、炭疽、甲肝等。"而中国野生动物保护协会科普宣传处处长赵胜利也指出：人们食用的野生动物，大多生存环境不明，来源不明，卫生检疫部门又难以进行有效监控，许多疾病的病原体就在对野生动物的猎捕、运输、饲养、宰杀、贮存、加工和食用过程中扩散、传播。由于病体罕见，人吃野生动物染病后，要么诊断不清，要么难以治疗，甚至稀里糊涂丢了命。

如今，二十多年过去了，这些铿锵有力、掷地有声的警告，我们到底听进去了多少呢？

六、古代笔记中神通广大的"奇异水"

话说每年盛夏一到,大战即起。不过这里的"大战"不是每年的各种某某杯的比赛赛事,而是饮料厂家们的商战:各种茶饮料、可乐、功能饮品的广告纷纷霸屏,而骄阳火热下的明星畅饮画面更是让人看得爽快。不过,初具健康知识的消费者已经不那么在乎口感的好坏,尤其做父母的,拽着流连在饮料摊位前的孩子往家奔:"看什么看!给我回家喝白开水去!"

看到这一幕,笔者不禁回想起十几年前全国各种"概念水"大爆发的场景——那时笔者正在某健康类报纸做编辑。那些年,保健品厂家几乎要把报社的门槛踩破:一会儿吹嘘离子水能治大病,一会儿宣扬酸碱水能助长寿,更是将大把大把的钞票拿出来抢版面发广告。一些报社为了创收,有时也不辨良莠……但在记者出去采访时,经常被正规的营养科医生训斥得七荤八素:"你们报社净登些什么广告!那都是忽悠老百姓的伪科学!"随着广告立法和审查的加强,这一类广告终于销声匿迹,只是不知道有多少慢性病甚至疑难杂症患者花了大把的钱只灌了个"水饱"。

既然已经说到了这儿,我就来跟各位聊聊古代笔记中那些神通广大的"奇异水"吧。

1. 神水：喝泡澡水长命百岁

水作为生命之源，受到人类的崇拜是必然的事情，这一点中外皆然。

中国古代笔记中的水，被神化为辟邪而又能治病的"神物"数不胜数。如清代褚人获所著《坚瓠集》中指出：如果旅客"出行舟楫及旅店中"，怕被劫匪或强盗下了迷魂香，可以"夜卧贮清水一盂，则闷香无效"。如果某地遇到瘟疫，一场大雷雨"亦可消止"。还有一次，有个县令审讯一位作奸犯科的妖道，结果那妖道不知施了什么法术，虽然各种刑具尝了个遍，但脸上毫无痛苦之色，就是不肯招供。一个老吏教给县令，含了清水走到妖道面前喷之，又用县印照之，妖道的"金钟罩铁布衫"立时被破解，"一讯吐实"。

至于治病方面的记录，更是不胜枚举。如《茶余客话》中写"眩晕者，饮蒿头水则否①，甚验"。再如《浪迹丛谈》中写治疗眼病的："凡目疾初起，用清净开水以洁净茶杯盛之，用洁净玄色绢布乘热淋洗，后水浑浊，再洗，及至水清无垢方止，如此数次愈合，水内并不用药，故曰天然水也。"

明谢肇淛所著《五杂俎》对水与健康的关系说得更加分明："轻水之人，多秃与瘿；重水之人，多尰与躄；甘水之人，多好与美；辛水之人，多疽与痤；苦水之人，多尪与伛。余行天下，见溪水之人多清，咸

---

① 治愈。

水之人多瘿，险水之人多瘿，苦水之人多疮，甘水之人多寿。滕峄、南阳、易州之人，饮山水者，无不患瘿，惟自凿井饮则无患。山东东、兖沿海诸州县，井泉皆苦，其地多碱，饮之久则患疮，惟不食面及饮河水则无患，此不可不知也。"其实，这些话就算放诸今天，也相当有科学道理。

在古代一些恐怖罪案中，也可以看到人们对水的迷信。如清代慵讷居士在笔记《咫闻录》中写道：宜良山上本有一座废寺，后来有位姓邱的道士"募缘创修祖师殿"，不仅把这里改造成了一座道观，还带着自己的徒弟在这里住了很多年。"殿前峭石奇峦。异草怪木，冗杂菲萋"。即便如此，但仍有两个小孩经常在山门外游戏。邱道士每次见了都给他俩一些果子吃，"久而渐熟"。有一天，邱道士携带鲜桃数枚，放在香几上，然后躲到了大殿的角落里。只见"一小儿在门外窥见，遽入殿中"，想要偷桃子吃。谁知手还没摸到桃子，已经被邱道士从后面一把抱住，捂住口鼻带到后厨。然后，他把孩子的衣服扒光，"用水洗净，置入大锅内，上用木盖，压以大石，使不走气"。接着又在锅底下点上火，嘱咐徒弟看着锅，千万不要掀开盖子，"我将上山，俟我回来食用之"。

邱道士走后，徒弟心里犯开了嘀咕："出家人时以行善为本，今道长如此残忍？"正在矛盾纠结之际，锅内的水也越来越热，里面的小孩子更是"在锅内叫号"。听到叫声，徒弟更加不忍。"心欲放之，又念道长平日法戒甚严，不敢违令"。这时孩子的惨叫声越来越小，徒弟实在按捺不住，"开视之"。只听一声巨响，小孩子从锅里跳了出来嗷嗷叫着逃跑了。没多久邱道长回来了，见人去锅空，气得大骂徒弟，说那小孩本是千年人参成的精,喝了泡他的水可以长命百岁,现在全砸了。而在徒弟看来,还是赶紧逃命要紧,不然官府就快该找上门来了。

2. 洋水:一杯下肚倾家荡产

如果说邱道士把小孩的洗澡水当成人参泡水,妄图喝了一生无病,只是某种愚昧迷信的话,那么朱翊清《埋忧集》中记录的杨道士,就是不折不扣的骗子了。

数年前,朱翊清曾经在钮氏家中做教书先生,那时"郡中有杨道士者,故府小吏也,善以禁咒疗人疾,有延之者,辄往"。恰好此时钮氏的第三个儿子突患急病,奄奄一息,且请来的很多医生都束手无策,有人便建议请杨道士来。杨道士赶到钮府后看都没看,便让人抓来白色雄鸡一只和水一斗,来到患儿面前,"具香烛,口中喃喃咒"。突然间,他砸碎了雄鸡的脑袋,并往半空中一抛。等死鸡掉落在地上,他看了半天说:"这病还有得救!"然后把那斗水递给钮氏说:"这水是有治病功效的神水,你的儿子想要活命,就把这水喝下去。"

那孩子自从生病后,一直处于昏迷状态。而且已经"溲便久闭,勺饮不纳者数日矣",就是没有排大小便、什么都灌不进嘴已经好几天了。听到杨道士这句话,好像如梦初醒。然后,他在家人的搀扶下慢慢坐起,把那斗"神水"一饮而尽,然后倒头继续昏睡,到半夜再一次醒来,"遗溲盈斗"。中医最讲求一个"通"字,通则不痛,痛则不通,一通百通。于是全家兴奋极了,认为孩子喝了神水终于有救了。杨道士也愈发得意,说孩子生病乃是冤业,必须做法扫孽。于是招来一大批

第四章 怪谈篇

道士，聚在钮氏家的院子里，"满堂钲铙鼎沸，旁列烛笼鼓十，烂若白昼"。这个热闹劲儿就甭提了。正当杨道士披头散发，仗剑升坛，开始禹步作法时，忽然钮氏家老仆自内奔出道："三少爷已经断气，你们赶紧散了吧！"杨道士及一班同伙一听都傻了，"仓皇间，堂上灯火皆灭，阒无人矣"。一出神水治病的闹剧就这么收了场。

要说比"神水"更坑人的一定要提到"洋水"。长白浩歌子所著《萤窗异草》中曾写过这样一件事："宁波城隍庙中有设肆占卜者"名叫申上达。申上达算卦很灵验，他算卦十余年赚钱无数，富甲一方。娶的一妻一妾更是年轻貌美。有一次，有个外地的富绅远道而来请他算卦，申上达算后说："这一卦始凶终吉，得好好谋划，才能人财两得。"来人大悟道："我的妹妹嫁给一郡绅，那郡绅病重，舍妹想要离他而去，如果现在走，恐怕就得不到郡绅的分毫遗产了！"然后匆匆离去。两个月后，富绅再次来到申上达家，献上巨金表示感谢："多亏了你，我让妹妹坚守夫婿身边。现在她虽然成了寡妇，却是个有钱的寡妇。"

当申上达为自己的"神算"而洋洋得意之时，没想到第二天那富绅再次登门。只见那富绅支吾良久后说："我与君说得上是交浅而情深，现在有一事，不敢不与君相商。我妹妹总不能独自过下半辈子，一时又找不到合适的佳偶，想来想去，能否麻烦您做个媒人？"申上达欣然允诺，并约定时间，富绅带着妹妹先来拜望媒人。

"至期，申盛筵以待，顷之，其人过偕妹肩与而至，衣锦服御，悉系珍重之物，举止态度，酷是大家。"申上达不觉"神为之夺，心为之醉"，暗中动了心思：与其自己做媒人，不如索性做了"妹婿"不好吗？他越想越美。等宴席开始，富绅让侍仆拿来玻璃杯，又掏出一个瓶子说:"这是我从洋人那里买来的柠檬水,凉沁肺腑,实乃消暑解渴之珍品,今天先敬你一杯!"申上达一门子心思都在其妹身上,也没想许多,"才得下咽,即觉天旋地转"。等他醒来时,室内已挂满暮色,所有的家具、财产、古玩,连同他的一妻一妾,都消失得无影无踪。申上达才知道自己算卦算了一世,竟没算出这伙强盗为他私人订制的"局"!

3.水宝:取之不尽用之不竭

其实说到底,水作为一种人类必须补充的液体,并没有什么奇特药效。如果您真的觉得水能治点儿病才更好,那么这里我给您推荐几种老北京笔记中的"特效水"。注意,水本身没有药效,但加上那么一点点"配料",就能治疗一些咱们老百姓的常见病。

先说"小叶白糖水"。"小叶"指的是从南方来的叶儿小、味儿正的茶叶,像毛尖、雨前什么的都算。好小叶加好白糖,再用干净的水沏开。这种水不仅好喝,还有祛痰降火的功效。有的人患火眼,就沏此水两碗。一碗熏眼一碗喝,不到一周病就好了。

再说"糖藕水"。每当夏天鲜藕上市的时候,买一些藕,并把它切成薄片放到开水中去煮。记得一定要多煮一会儿后,再将藕片取出吃下。而熬藕的汤汁加上白糖或冰糖,就是糖藕水。此水有防暑降温之效,笔者小时候也喝过,只是觉得不甚好喝。

与之有同样效果的还有芦根水。芦根即从池塘内采来的新鲜芦苇根,细而有节。其实它是苇子的地下茎。摘下后,先用清水洗干净,然后切成小段,放入开水中煮。煮开了就可以直接喝,有利尿和清热解毒之功效。早年间，京西北妙峰山开娘娘庙会时，一路上都会有三个大茶棚专门施饮芦根水加白糖，实在是一大善举。

当然，没病没灾的话，炎炎夏日还是喝凉白开最健康。有些老年人还喜欢带着大小塑料桶，去西山接山泉水，以为更养生。倘多问一句，天底下最好的水源在哪里，恐怕就要仁者见仁智者见智了。不过，也许更多的人会回答是玉泉山，因为毕竟那里有乾隆皇帝御笔亲封的"天下第一泉"。不过，照笔者看，天下最好的水源被明代学者陈洪谟记录在笔记《治世余闻》中，名曰"水宝"。

明朝弘治年间（1488—1505年），有一群人进京给皇帝进贡。他们"到山西某地，经行山下，见居民男女，竞汲山下一池"。有个领头的进贡者便与当地居民商量，要买下这一池泉水。居民觉得奇怪，说你们买这水有什么用，而且要怎么带走呢？进贡者说："甭问那么多，开个价吧！"居民以为对方是开玩笑，便说没有千金不卖，谁料进贡者马上同意了。居民们十分震惊，便说刚才只是戏言，村里的泉水不能卖。进贡者大怒，要跟他们打架，最后一直闹到县衙。县官见状开价五千金，试图让进贡者打消买泉水的念头。谁知进贡者又一口答应。县令觉得这事儿不对劲，赶紧禀报知府。知府亲自出面对进贡者说："县令说了不算，泉水不能卖。"进贡者勃然大怒，说你们坐地起价也就罢了，怎么能连连耍赖？知府担心会引发事端，便同意出售那池泉水。进贡者和他的同伙们立刻行动，"取斧凿，循泉破山，入深冗，得泉源，乃天生一石，池水从中出"。太守问这是什么石头，进贡者说："这块石头比天下所有的奇珍异宝加在一起都要珍贵，名叫'水宝'，埋在深山里即有取之不竭的泉水，哪怕是三军万众、国土辽阔，也没有用完的时候！"说完喜滋滋地带着"水宝"离去了。

这则笔记中的"水宝"当然是虚构的，因为现实中从来不存在能源源不断流出水的石头。倘若真的有，那么最需要它的恐怕就是我们脚下的这些城市——明清时代虽然许多北方城市都湖泊众多，但在如今巨大的人口压力和严重的资源消耗下，不少城市都演变成了不折不扣的"缺水之城"。从某种意义上讲，今天所有的水都是神水和"水宝"，因为每一滴水都是如此的神圣和宝贵。

七、给孩子治天花，古代名医曾用"猪圈疗法"

每逢换季之时，患感冒的孩子就特别多，各个城市的儿童医院或三甲医院的儿科都频繁出现爆满的情况。在急诊室排着长队挂号的家长们神色疲惫，甚至因为焦虑和急躁，还会跟医护人员发生冲突。

作为抵抗力比较弱的群体，儿童自古以来就是各种流行病的易感人群。在中国古代，恐怕做父母的最怕从医生口中听见"痘"字。您可千万不要以为是青春痘，这个字在古代多是指一种十分可怕的疾病——天花。天花是一种由天花病毒感染人引起的烈性传染病，在没有接种牛痘的岁月里曾经创下过死亡率25%的恐怖数字。致死原因主要是合并败血症、骨髓炎、脑炎、脑膜炎、肺炎等并发症，当年即便痊愈也要留下一脸的麻子，因此得名"痘"。

这个病能把人吓到什么地步？有一事为例。清末学者梁章钜在笔记《归田琐记》中记载和珅被嘉庆帝赐死前，曾给他定下所谓的二十大罪，其中的第十条是这样写的："国朝曾有中旨，令蒙古王公未出痘者不必来京，乃故违谕旨，无论已、未出痘，俱不令来。"其实，在这段文字里藏有一段典故：清朝入关后，蒙古王公贵族进京朝见时，常有不幸感染天花而死者。康熙二十一年（1682年）十一月，京城爆发了严重的天花。因此康熙下令，即将来京朝贺元旦的蒙古王、贝勒、贝子等已出痘者许其来朝，未出痘者则俱令停止。目的是避免他们感染别人。

按照现在的说法，对天花的预防，在有清一代乃是"皇室级别"的。尽管如此，依然有大量染病者，对于天花这一死神，人们自然编出了很多阴森恐怖的故事。当然，也有无数的名医在与病魔的殊死斗争中，用各种不可思议的方法获得了胜利。

1．不小心挖了痘神的坟

人类对两样事物永远有封神的倾向：一样是让他们活命的，另一样是要他们性命的。由于天花的流行之猛和造成死亡之烈，自然也就获得了封神的资格。只是"痘神"的身份十分复杂，说法不一。

清代文学家袁枚在《子不语》一书中曾经写过一个恐怖故事：桐城有个名叫汪廷佐的农民。有一次他在一个叫双冈圩的地方耕地时，不小心挖开了一处古墓，"得古鼎、铜镜等物，携归家"。当他把那面铜镜放在镜几上时，镜子里竟放射出彻夜通明的光芒。汪廷佐和他老婆以为是得了宝，高兴得不得了。没过几天，他去赶集时，"路见狰狞黑面者，长丈余"。黑面巨人见到他便是一顿痛打。打完后说道："我是黑煞神。你居然敢盗陆小姐的坟墓，岂能饶你狗命！陆小姐是元祐年间[①]安徽太守陆公的女儿。陆公做官行善政，深得百姓爱戴。他的女儿夭亡后，上天垂怜，让她成神，专门负责徽州司一路的痘疫之事。你犯下这等大罪，离死期不远了！"汪廷佐被打了个半死。路人见了把他抬回家中，但很快他的背上就长出毒疮，奄奄一息。不仅如此，陆小姐的亡魂也附在他妻子的身上，对他斥责不已。汪廷佐拖着病躯，带领全家人跪地哀求，"欲延高僧为设斋醮"。这时，陆小姐的亡魂这才渐渐消气说：

[①] 北宋元祐年间当1086—1094年。——编者注

"算了,你一个农夫,知错能改,我也就不跟你计较了。但是要尽快将古鼎、铜镜放回我的墓中。此外,我已经是冥司痘神,应享香火,你们在我坟地立一块碑,晓示村民,时常祭祀,我就可以免你一死!"汪廷佐一一照办,总算捡了一条命回来。

说真的,敢挖痘神的坟,胆子也是够大。自己亡命破家算轻的,搞不好连累整个县城都会暴发天花。这么一说,陆小姐对汪廷佐的"处分"已经算是极轻了。不过,古代笔记中的"痘神"似乎都是些性情古怪的女性。比如,《耳食录》中记载的痘神是三个住在峨眉山的姐妹,平时身着麻衣,人们管她们叫"麻娘娘"。麻娘娘们神通广大,只是心眼儿有点小。家中有孩子患上天花了,都要赶紧献上各种物品来祭拜她们。如果这家人生活一向简朴,又或者因为孩子生病着急,并且在祭拜痘神的过程中"言语稍不检,衣物稍不洁,及诚敬少懈者",麻娘娘们就会各种找碴儿。轻者附在患儿的身上揭这家人的隐私,比如说,丈夫出轨了,或者老婆藏有私房钱了,搞得一家人病上添烦。更有甚者竟致患儿于死地,"痘或不治,为得罪于神也"。

不过在官本位的封建社会里,痘神也惹不起戴乌纱帽的。如《耳食录》的作者乐钧是江西抚州人,他有个名叫陈洪书的同乡,"儿时以痘死",未下葬时尸体就放在东厢房里。他的妈妈抚尸痛哭,哭累了就靠在窗户边假寐,结果朦朦胧胧看见三个穿着麻衣服的女人走进东厢房。他们看着死去的陈洪书大惊道:"这个人将来要当望都(今河北望都县)县令的,怎么能让他死呢?赶紧放还吧!"言罢出门而去。母亲惊诧地站起来,正怀疑自己是不是做了场梦,再看儿子已经苏醒了过来,"后果任望都县令"。

2．"蟋蟀"引来叶天士

人海茫茫，能做官的自然是少数。广大人民群众在病魔面前自然不可能坐等麻娘娘或陆小姐发善心。因此在中国古代，便有无数的名医用各种奇特的方法治疗天花，进而留下了许多非常传奇的故事。

如清代慵讷居士所著《咫闻录》中就曾记载过这样一桩奇事。有个人的儿子，刚刚五岁，"出痘，毒重而死"。偏巧这家有个嗜酒的老仆人，一向都很喜欢这小孩子，在孩子生前经常抱着他玩耍。现在看他死了，十分悲伤。家中男主人对这老仆人说，家里为了痘症凶险，一连五六昼夜，上上下下没有人安枕合眼。现在我们都困乏至极，能不能麻烦你为我儿子守灵一宿，明早我们就买棺材把他殓埋。老仆人欣然同意。男主人又说，我知道你喜欢喝酒，正好缸里有新酿好的酒，你守灵时口渴了，直接去喝就是，记得不要喝多。

主人走后，老仆便用席子遮住小孩子的尸体，自己则端了把椅子，坐在旁边。"守至二更，寂寞独坐，自觉孤寒，取酒烹而饮之。"饮至半酣时，突然想起死去的孩子生前经常偷偷跟自己讨酒喝，不免悲从中来。因此，他便把席子移开，"以酒灌死者之口，缓能润下"。就此自己喝一杯，给孩子灌一杯。直到酩酊大醉时，才自己缩到桌子底下横睡。第二天早晨主人推门进屋一看，"见仆已醉倒，而死者所遮之席已去"。气得不禁骂了起来，酒鬼、酒鬼，让你守灵，你可倒好，自己喝得烂醉如泥，任我儿子的尸体没有遮盖！他叫了半天叫不醒老仆，只好自己捡了席子去盖上。正要盖在尸体上时，突然发现孩子脸上"陷下之痘，颗颗分明起来"。这是痘毒发出来的迹象！更加令他惊喜的是，孩子"口有气而手能动矣"。他赶紧把一家人都叫起来，"喜极，复抱进房调养"。第二天，孩子的痘毒彻底发出来了："头面手足，周身上下，痘竟密洒如珠。越数日……渐之溃烂结疤，月余脱落之疤，大如糊脸，惜乎美如冠玉小子，变为烂臭麻子矣。"不过孩子能捡回一条命来，颜值就不那么重要了。

中医对此案的分析，认为"此皆由于是子之气体弱，而痘毒重，不能发越于外，毒攻其心，无有不死。乃以新酒灌之，得助其气而托其毒，毒出而心怡，心怡而人苏矣"。同时，书中也谴责了很多庸医。那些庸医认为只要身上痘毒发不出，就认为"其火必旺，于是用寒剂以泻火，峻药以攻毒，殊不知体弱者，非内托不可，攻毒则体愈虚，泻火则毒愈陷，是不死之人，而速使之死也"。

笔者记得，多年前读二月河先生的历史小说《乾隆皇帝》，其中便有一章写清代中医圣手叶天士给年幼的嘉庆皇帝治天花时，表达过上述见解。而历史上真实的叶天士，确实也是个治痘高手，如清代笔记《浪迹丛谈》中就记载过他的两段传奇故事。

有个富人家里的孩子患了天花，痘毒发不出来，"念非天士莫能救"。可是叶天士家离得比较远，而且又是有名的怪脾气，未必请得动。后来，他们"闻其好斗蟋蟀，乃购蟋蟀数十盆"。然后又派人找叶天士说，只要你能来把我孩子的病治好，蟋蟀都归你！叶天士一听大喜，立刻就跑了去。他看了一下孩子的病情，便让富人买了十几张大桌子，将"裸儿卧于上，以手辗转之"。只要桌子被孩子的体温滚热了，就换一张继续来，"至夜，痘怒发，得不死"。

叶天士有个外孙刚刚一岁,有一次"痘闭不出,抱归求活"。叶天士一看犯了难,因为症状极重,很难救治。他女儿不干了,跟老爸撕扯起来,甚至以头撞地说,你既然说痘无死症,今天偏偏对你亲外孙见死不救,干脆我也死在你面前算了!说完拿起剪刀就要扎脖子。叶天士见状赶紧夺了下来。他想了很久,终于想出了一个主意。只见他把外孙的衣服脱光了放在空屋子里,门窗锁严实了,然后就出门跑赌场玩儿去了。没多久,小孩子在屋子里被蚊子咬得嗷嗷叫,"女欲视儿,则门不可升"。她去赌场找老爸,让他回家开门看看孩子咋样了,结果叶天士睡着了,理也不理她。"女泣欲死"。直到深夜,叶天士才回家。开门一看,孩子身上痘毒已经发出,粒粒如珠——"盖空屋多蚊,借其嚼(叮咬)肤以发也"!

3."猪圈疗法"起死回生

古代笔记中,最让笔者感动的治痘经历,莫过于《清稗类钞》中记载的清代名医李海涛的故事。在这则故事里,不仅体现出李海涛高超的医术,还有他对人情世故的深切领悟。

"李海涛,名医也,疑难险异之证,屡试屡效"。这位医生有个姓黄的朋友,黄某"有子年四岁,患痘甚剧"。而黄某已经五十岁了,只有这一个儿子,十分疼爱。见孩子病情越来越重,大半夜赶了五里路进城,专程把李海涛请来。等进门一看,小孩子已经狂热神昏,奄奄一息了。李海涛叹息着说道,晚了,晚了,我已经救不了了……黄某痛哭失声,几乎昏死过去。

李海涛一阵冥思苦想之后，慢慢地说，这孩子已经万无生理。不过，他活着我没法救他不死。但他要是死了，没准儿我倒能把他救活。

黄某一脸发蒙，死了反倒能救活，这是什么意思？

李海涛说，你先别问我，等孩子死了，一切照我说的办就是。

这时，黄某已经心神大乱，只能一边痛哭一边给孩子准备入殓的衣服。

没多久，孩子果然死了。李海涛迅速把孩子的衣服脱光，抱起就往后园的猪圈里跑。黄某不忍，拦住他并哭着问道，你要把我孩子的尸体怎么样啊？李海涛严厉地说，他都已经死了，你还有什么不忍的！黄某坚决不同意，李海涛勃然大怒，我本来就不想用这个办法，只是因为你悲痛，看在老朋友的分儿上才行此险招，正所谓是"于无可如何之中，冀得救于万一"。既然你执意反对，也好，你把孩子的尸体埋了去吧！

黄某一听，又哀求他见谅。李海涛说，我把孩子放在哪里你都别管，绝对不许去看，只要一个仆人远远守望着即可。如果半夜突然听到孩子啼哭，马上就来叫我，不得有误！黄某一一如命。

黄家上下对李海涛的"猪圈疗法"都感到不可思议，但现在只能死马当活马医。谁知没等多久，猪圈里突然传来婴儿的呱呱哭声，全家人都惊呆了。李海涛跟黄某冲过来一看，死去的孩子居然活了过来！"黄狂喜，抱归房"。李海涛给孩子诊脉之后，高兴地说，孩子的病已经好了。然后开了一剂温补的方子，孩子吃下后彻底痊愈了。

黄某问李海涛是用什么方法救了自己的儿子，李海涛回答，这孩子体内痘毒很严重，身体又弱，身体内部正邪相攻，处处可见死症之象，若是救治早还有办法。但我来的时候，已经太晚了。所以我就想，现在正是三伏暑热的天气，也是蚊蚋最猖獗的时候。蚊蚋能吸人毒血，如果把孩子放在秽恶之地，使蚊蚋集其全身，以吮其毒血，毒血被吸干了，孩子也许能死里逃生，没想到这侥幸的一招儿居然奏效了！

黄某还是不懂，便问道，那么你刚来的时候为什么不马上实行，非要等我儿子"死了"才用这招呢？

"你的儿子不是死了，只是昏厥而已。"李海涛笑道，"你想想，假如我刚刚来到时，你能忍心让儿子接受'猪圈疗法'吗？非要等孩子'死掉'你才肯让我施术吧，告诉你孩子'死了'，只是为了绝你的爱念，不要给我的救治制造障碍罢了！"

当然，这些奇葩的方法并不是"主流"，清代治疗天花的主要方式是"种痘"。只是当时种的不是牛痘，而是人痘。清代学者王应奎在《柳南随笔》中记载："其法择痘之最上者，取其痂以为苗，傅以他药，吹入鼻孔……引毒而出，使无内伏。"对于痘毒太重的病人，也无须放到猪圈里挨蚊子咬，而是在接种人痘的同时，吃一种叫"稀痘丸"的药，以散毒气。这样治疗效果就会更好。

嘉庆十年(1805年)，随着英国外科医生皮尔逊在澳门试种牛痘成功，牛痘接种疗法在中国逐渐得到普及，天花终于不再成为人们谈虎色变的致命性疾病。1980年5月，世界卫生组织宣布人类成功消灭天花。从此，天花作为一种烈性传染病就成了历史。

重温这段历史，也许能让读者们感叹，古代名医们在面对危急重病时，看似怪招迭出，骨子里却是为了治病救人而进行的"殊死一搏"。而只有患儿家长们的积极配合和"不添乱"，才有可能死里逃生、化险为夷。

八、明代中秋节的"广寒宫翻修奇案"

中秋节是个美好的日子,阖家团圆喜气洋洋。所以古人在笔记中记述这个节日时也特意"笔下留情",基本写的都是富有诗意的故事。当然,即便有个别显得"诡异",也多归于蟾辉之中的幻梦。下面,我们就来聊聊古代笔记中的中秋节。

1. 唐朝:与鬼赏月亦作诗

据说中秋节传统始于唐朝,盛于宋朝,古代笔记中亦有明证。笔者查到的较早一条记录,是段成式所撰笔记《酉阳杂俎》中的一句话:"长庆中,有人玩八月十五夜,月光属于林中如匹布。其人寻视之,见一金背蛤蟆,疑是月中者。"在这里,长庆是唐穆宗李恒的年号。而金背蛤蟆明显就是金蟾,看来"金蟾"这一象征月亮的词汇在那时已被古人做赏月时的联想了。

宋代学者周密所撰笔记《癸辛杂识》中,则记载了南宋皇室的赏月情境:"德寿宫有桥,乃中秋赏月之所,桥用吴璘所进阶石甃之,莹彻如玉,以金钉校。桥下皆千叶白莲花。御几御榻,至于瓶炉酒器,皆用水晶为之。水南岸皆宫女童奏清乐,水北岸皆教坊乐工,吹笛者至二百人。"杭州的德寿宫原为秦桧的宅子,秦桧死后,宋高宗将其改建为自己的"别墅"。后来的几任南宋皇帝都喜欢住在这里,水榭亭台,饮酒赏月,别有一番情趣。

皇室赏月，赏的是一份高处不胜寒的清幽；民间赏月，赏的却是一份连宵嬉戏、夜市骈阗的热闹。如《东京梦华录》里是这般描绘北宋开封中秋节赏月盛况的："中秋节前，诸店皆卖新酒，重新结络门面彩楼花头，画竿醉仙锦斾。市人争饮，至午未间，家家无酒。是时螯蟹新出，石榴、榲桲、梨、枣、栗、葡萄、弄色帐橘，皆新上市……中秋夜，贵家结饰台榭，民家争占酒楼玩月。丝篁鼎沸，近内庭居民，夜深遥闻笙竽之声，宛若云外。"

唐宋盛世，倒真有些"纵做鬼，也赏月"的意味。如唐朝学者张读在《宣室志》中便写过这么一段传奇故事：有个名叫梁璟的人，"自长沙将举孝廉，途次商山，舍于馆亭中"。住宿的这天正好是八月十五的晚上，只见天雨新霁，风月高朗，梁璟在馆舍里躺着睡不着。夜半三更，他突然听见庭院外面传来一阵舒缓的脚步声。待推门一看，"忽见三丈夫，衣冠甚古，皆被珠绿，徐步而来"。这三个人来到庭院中，吟诵诗词，皆为赞美月色的佳句。仔细看，他们后面还跟着几个仆人。梁璟只看他们的衣着，便知道他们都是鬼。但梁璟一向很有胆量，看他们又非青面獠牙的恶鬼，便从屋子里走出来和他们打招呼。三个鬼也神色如常，一边作揖一边自称是萧中郎、王步兵、诸葛长史。大家将席子铺在庭院中间坐下，一边饮酒一边聊天。大家都觉得值此好风月，有缘相遇，不可无诗。便"举题联句，以咏秋物"。王步兵起句："秋月圆如镜。"萧中郎继续说："秋风利似刀。"梁璟笑着跟句："秋云轻比絮。"接下来轮到诸葛长史时，他却沉默良久。大家催其迅速念出来，结果半天才憋出一句："秋草细同毛。"众人大笑，继续饮酒。就这样在不知不觉中，天色渐明。借着山光，萧中郎提议再以咏山为题尽欢。他起句说："山树高高影。"王步兵接下来说:"山花寂寂香。"诸葛长史这回倒不慢:"山天遥历历。"梁璟收道:"山水急汤汤。"

由此一则传奇可知,那时文人中秋赏月吟诗,已是极为寻常之事。

而到了宋朝,宋人的中秋节,除了诗气,还有异香。如《涌幢小品》中便记载到:绍定年间(1228—1233年),诗人舒岳祥在家中读书。恰逢中秋节这天,月色皎然。忽然,他听见房顶传来一阵冰雹似的泼洒声,感到非常奇怪。其祖父道:"这是月中桂子,我曾经在天台山上得到过。"于是命童子在房顶和庭院中寻找,"就西庭拾得二升",大小跟樟树籽差不多。细看这些桂子"无皮,色如白玉,有纹如雀卵,其中有仁,嚼之,作芝麻气"。舒岳祥将这些"月中桂子"放在一个布囊中,杂以菊花做枕头,"清芬袭人",梦里不知几多桂香。

2. 明朝:广寒宫里缺大梁

中秋节这天晚上,有月亮自然可以饮酒作诗,倘若赶上没有月亮的天气又该怎么办?明朝人以为:月可不出,诗不可停。

据明沈德符所撰《万历野获编》中记载,有一次明成祖朱棣中秋节赏月,刚刚开宴,月就被云掩住了。朱棣见状,便命解缙赋诗。解学士到底大才,立刻口占了一首《落梅风》:"嫦娥面,今夜圆。下云帘,不着臣见。拼今宵,倚阑不去眠。看谁过,广寒宫殿。"正巧念完后,月亮便从云后出来了。朱棣一时大喜道:"才子可谓夺天手段也!"不过,当时很多人仍旧认为,此词虽佳,却不如金代的海陵王完颜亮在汴京做的一首无月词①:"停杯不举,停歌不发,等候银蟾出海。不知何处片云来,做许大、通天障碍。髯虬捻断,星眸睁裂,唯恨剑锋不快。一挥截断紫云腰,仔细看、嫦娥体态。"弘治年间的庶吉士薛格,亦有一首名为《中秋不见月》的诗,其中一句"关山有恨空闻笛,鸟鹊无声倦倚楼",当时也是被人争传诵之。

夺天手段,抑或嫦娥体态,都蕴含着一股仙意。不过仙意这种事儿,入诗则可,入世则不妙。同样是《万历野获编》,也记载过一桩跟中秋节有关的奇案:

明嘉靖时期的徽王朱载埨很迷信玄学,恰好和明世宗嘉靖皇帝很对脾气,因此嘉靖专门"赐真人号及印"与之。有一年的八月十五日,朱载埨坐在王宫的凉台上赏月,"忽有一鹤从月中飞下殿亭"。仙鹤的背上坐着一个方士,骨骼清奇,白衣飘飘,"真神仙中人也"。朱载埨以为神仙来了,急忙躬身施礼。然后又问那方士驾鹤下凡是不是对自己有什么教诲和帮助。方士说:"广寒宫年久颓敝,准备更新之。"如今,其他的建筑材料都已经搞定了,只少一根大梁,希望王爷能出资,回头广寒宫的人会把王爷的名字刻在广寒宫门口的"重修广寒宫捐资修葺功德碑"上的。朱载埨一听吓了一大跳,连忙说自己就是一个凡间小王,哪里有财力购买到广寒宫上的大梁?方士说:"不用你真的捐一大梁,只要一层雕琢了龙凤花纹的、可以包在大梁上的银皮,我计算过了,万金足矣!"

朱载埨见人家神仙替自己想得如此周到,赶紧同意了。然后,方士

---

① 即金完颜亮的《鹊桥仙·待月》。——编者注

告诉了他尺寸规制，约好明年的中秋节来取货。随后"复乘鹤飞去"。

"王果如言，琢就龙凤花纹甚工"。到第二年中秋节，那个方士真的再一次从月中驾鹤飞下，同时还"添鹤一只"。他看见朱载垹把包大梁的银皮已经制备好了，道了声谢，然后"身跨一鹤，以一鹤衔银梁返月宫"。朱载垹望着一轮明月，想着广寒宫留名。如有神仙留意到自己的名姓，未来一定有更多的福泽加身，乐得合不拢嘴。

没过几天，地方上搞"扫黄打黑专项治理"时，有个道士因为嫖娼被捕。唯一引起官府注意的是，他付给娼妓的嫖资，竟是一段上面刻有龙凤花纹的银子。而这种银子并非官银，属于来历不明之物。在一顿严刑拷打之后，那道士供称，银子是一个武当山的方士从徽王那里骗来的，然后切割成小块分给其他道士们使用。官府赶紧派捕吏去抓捕那个方士，结果还是被他逃掉了。仔细调查才知道，骑鹤下月不过是幻术，广寒宫大修更是一场骗局。只有朱载垹那花了一年打造的银皮，成了骗子们的战利品。沈德符由此感慨，想当年宋徽宗祭祀苍天时"见空中真仙云物楼台"，奸相严嵩的府邸竣工"有鹤成群绕其新构"，"总之皆幻术耳"！

3. 清朝：南北月饼分得清

明代的藩王大多是酒囊饭袋，而朱载垹的受骗看上去更像是一场轻喜剧。且抛开骗人等元素，能骑着仙鹤从月亮上飞下，搁到今天也是一场视觉上的魔术盛宴，实在搞不清那个武当山的方士是怎么做到的。所以笔者这里就不妄加揣测了。既然讲到这里，我们就再谈谈记载在清代笔记《履园丛话》中的一则"中秋节诡案"。

　　事情发生在嘉庆二十年（1815年）。那时在福州府南门外有个地方名叫南台，"人烟辐辏，泊舟甚多"。不过，这些泊舟大多不是用于捕鱼和航运的河船，而是妓船。这一年的农历八月初，衢巷间突然有两个穿着红色衣服的童子手拉手唱歌走过。他们的歌是这样的："八月十五晡，八月十五晡，洲边火烧宅，珠娘啼一路。"闽语中的"晡"是夜晚的意思，"宅"是屋子的意思，"珠娘"是妓女的意思，"以方言歌之，颇中音节"。这俩红衣小儿穿大街走小巷地唱了二天歌，谁也搞不清他们是谁家的孩子。当有人想要找他们细细询问时，两小儿却又突然消失不见了。

　　熟读历史的人知道，我国古代，每当朝政不堪、国将不国、灾祸将近时，总会有这样的童子唱着不祥的歌谣走街串巷。要放到现在，这种传播谣言的人轻则罚款，重则坐牢。可古代，这种歌谣一般都是大人刻意教出来蛊惑人心的，所以不但没人管，反而有不少人相信是真的要出事。于是整个福州"于中秋夜，比户严防，小心火烛"。结果等到了八月十五中秋节这天晚上，什么事情都没有发生，大家才松了一口气。

　　不过故事还没完，转过年来的农历四月二十九日夜半，竟然"洲边起火，延烧千余家，毗连妓舟，皆为煨烬"，而且这场大火一直烧到五月初一的晚上才渐渐熄灭。后来有人计算，"计上年八月十五夜，再数至八月又十五日"，恰好就是五月初一的晚上！正好契合了"八月十五晡"的童谣。看来，有些祸终究还是躲不过的。或者说，那个制造童谣让孩子唱的纵火之人，不过是个喜欢玩数学游戏的心理变态者。

　　对于更多人而言，四月二十九日的大火，没有影响到那一年八月十五中秋节赏月的兴致，也是一件幸事。清朝时期人们将中秋节看得很重要，几乎仅次于春节。如富察敦崇在《燕京岁时记》中便记载道："每届中秋，府第朱门皆以月饼果品相馈赠。至十五月圆时，陈瓜果于庭以供月，并祀以毛豆、鸡冠花。是时也，皓魄当空，彩云初散，传杯洗盏，儿女喧哗，真所谓佳节也。"梁绍壬的《两般秋雨盦随笔》中也曾写到文人们中秋赏月时"限秋字赋诗"的情景，说某君曾以一句"十分明月五分秋"引得一片赞赏。另有一人做五律起联云："举头望明月，把酒问青天"，上一句出自李白的《静夜思》，下一句出自苏轼的《水调歌头·明月几时有》，"以苏对李，天造地设"，也令时人击节叹赏——古人过中秋真是过出了文化气息。

九、偏要杠一杠"转世"这件事儿

2018年,有人在微博上说,他快四岁的儿子在晚上睡觉之前跟他聊天时,突然说自己的家在四川:"就在成都西边一点点。我的两个女儿还在那儿,一个十五岁,另一个十岁了。我已经好久没见到她们了,可能都快认不出来了。我想去四川看她们,然后再回来……"这条微博在网上引起了不少的关注,很多网友都说这位主持人的孩子很可能是在说自己的"前世",并开始对各种志怪书籍里的大量此类记录进行回顾,以证明这位主持人所言不虚。

的确,翻一翻古代笔记,此类记录不绝于耳。

1. 乾隆宠臣是伯乐转世?

袁枚在《子不语》中写,乾隆年间的重臣、文学殿大学士领侍卫内大臣来保,曾自称自己的前生乃是伯乐。据说来保兼管兵部及上驷院时,"每值挑马,百十为群,瞥眼一过,其毛病纤悉,无不一一指出,贩马者惊以为神"。七十岁以后,来保经常闭目静摄养生,但相马的功力并无退化:"每有马过,静听蹄声,不但知其良否,即毛色疾病,皆能知之。"就连乾隆每次要骑马,都会让来保先去挑选。有一次乾隆要外出,皇宫侍卫精挑细选了三匹马,"百试无差,将献上",又不大放心,便让来保把把关。当时来保已经老态龙钟,眼皮都下垂了,只见他用两根手指头撑开眼皮看了看,便指着其中一匹说:"这匹可以,另外两匹跑不了远路。"侍卫们将信将疑,又试了一次,果然与来保说得一模一样。于是人们认为来保"伯乐转世",所言不虚。

纪晓岚在《阅微草堂笔记》中写过通政使罗仰山的故事。说罗仰山在基层做官时,经常被一位同僚排挤打压,"动辄掣肘,步步如行荆棘中"。罗仰山的性子本来就比较迂滞,结果竟渐渐地忧愤成疾。有一天郁郁枯坐之时,突然梦见自己来到一处山谷,但见花放水流,风日清旷,顿时觉得神思开朗,垒块顿消。他沿着清澈的溪水散步,来到一处茅舍,只见里面坐着一位白发老翁,便上去打招呼。接着两人便聊了起来。正当聊得起兴之时,老翁问他何以满脸病容,罗仰山就把自己搞不好"办公室政治"的事儿讲了一遍。老翁叹息道,此有夙因,只你不知道罢了。你的前生乃是七百年前的宋朝大画家黄筌,而你那个同僚的前生乃是南唐的徐熙[①]。徐熙的画品本在黄筌之上,奈何黄筌借着自己受到皇帝的崇信,长期排挤徐熙,使徐熙沉沦困顿,终生潦倒。徐熙对黄筌十分痛恨,此后这七百年多次轮回,一直未能相遇。今世业缘凑合,总算碰到一起了,当然要对你施加报复!这就是"无往不复者,天之道;有施必报者,人之情。既已种因,终当结果"。所以,你就忍一忍吧!罗仰山从梦中惊醒,从此"胜负之心顿尽"。没过几天,病也就好了。

还有《涌幢小品》和《浪迹丛谈》中都记载,南宋诗人、政治家王十朋,乃是高僧处严和尚转世。据说王十朋的父母长期没有儿子,一家上下为此十分烦忧,各种烧香拜佛。适逢政和二年(1112年)正月,处严和尚坐化。不久之后的一天,王十朋的祖父梦见处严和尚回到家

[①] 黄筌与徐熙并称"黄徐",是五代宋初花鸟画两大流派的代表,素有"黄家富贵,徐熙野逸"之评。

中，只见其"手集众花，结成一大毯"。然后交给其祖父说："你们家求此久矣，吾是以来！"然后就突然不见了。当月王十朋的母亲就有了身孕，至十月而生下王十朋。据见过处严和尚的人回忆："师眉浓黑而垂，目深而神藏，儿时能诵千言，喜作诗。"再与王十朋相比照，"眉目及趣好类之，且符所梦，又谓师死之月，汝即受胎"。但也有一点不甚相似，那就是处严和尚擅于书法，而王十朋"颇拙于书"。因此王十朋还自嘲："汝前生食蔬何多智，予今生食肉何许迂。"

2．马新贻转世竟然为猪？

如果问古代记录"名人转世"最多的笔记是哪个，那就必须说是民国学者郭则沄所撰的《洞灵小志》。这本笔记记载的事情堪称五花八门，要啥有啥。

我们先说说"名人转名人"的。书中有这么一篇记载，晚清重臣张曜的姑父，在咸丰年间组织团练，抵御捻军的进攻。有一次，固始被围七十余日，形势十分危急。张曜的姑父便带着团练们去固始解围。他夜间赶路时走到了汤阴县，正巧汤阴县当地有岳王祠，他便顺带拜谒了一下。当夜睡觉时，突然梦见岳飞和张飞一起来家中做客，岳飞指着张飞介绍说："你的妻侄张曜，乃是张飞的转世，我特请他来助你一臂之力。"果然在接下来的战斗中，张曜"力战解围"，立下战功。

再说说"名人转普通人"的。杭州一户姓钱的人家要生孩子时，其父梦见家里突然出现一阵猛过一阵的敲门声。见无人开门，一个军官竟然破门而入，高喊："年大将军来拜！"姓钱的很惊讶，因为他从来不认识什么姓年的大将军。"方逡巡间,大将军已下舆入内室。"这时内室传来婴儿的哭泣声,"而家人报生女"。这时姓钱的才恍然大悟,原来女儿是年羹尧转世。

同样离奇的还有胜保的转世。胜保是第二次鸦片战争时期,与僧格林沁一起在通州八里桥大战英法联军的清军将领。此人骁勇善战,但是为人飞扬跋扈,后来被慈禧太后赐令自尽。他有一个门生姓何,为归德府(治今河南商丘市睢阳区)通判。就在何通判的妻子怀孕待产时,他感到疲惫不堪,便坐在椅子上小憩。结果,竟然突然梦见胜大帅来访,遂赶紧去迎接。只见胜保"容色惨沮",脖子上还系着一道白绫。他对何通判说:"我觉得很闷很难受,喘不上气来,你帮我把这道白绫解开一点儿……"何通判赶紧帮老上司解开白绫,"似闻血腥,觉而心恶之"。这时候他已经从梦中醒来,只听家人来报:夫人生了个女孩。这女孩长大之后,容貌很像胜保,脸上有一块黑斑,与胜保生前脸上的黑斑相仿佛。"于是汴中宣传何女为胜将军转世,无敢下聘者。"

只不过郭则沄三观不正,竟把这两个女孩的转世说成"报应"。而且年羹尧嗜杀、胜保好色,"故同罚为女"。要放到现在,就这两篇笔记,就能把作者的前途彻底断送了!

当然,最惨的还是"转世为畜生"的。据说光绪四年(1878年),太仓双凤镇有个屠户在宰猪时,竟然在猪肚子里发现腹壁上刻有"马新贻"三个字。结果吓得当地人好一段时间不敢吃猪肉,盛传那只猪是遇刺的两江总督马新贻转世。马新贻遇刺的原因非常复杂,涉及清政府对湘军势力的裁抑等,但在当时盛传他陷害自己的结义兄弟,刺杀他的刺客张汶祥乃是为自己的好友报仇雪恨,所以时人都痛恨马新贻。当然,在转世的安排上不会给他什么好位置。

3. "童谣"真的是凶兆吗？

对于"转世"的真假，很多人是宁可信其有，而笔者不这么认为。因为如果仔细分析记录"转世"的笔记，都以小说居多，且诸多地方进行了虚构、夸张和杜撰。这里面最典型的一个例子，就是本文开端的那个来保自称"转世伯乐"的故事。我们不妨看一看同样是出自袁枚的记载，在《文学殿大学士领侍卫内大臣来文端公传》中他又是怎么写的。在这篇严肃的传记文中，有这样的记录："公尤长于相马，尝与史铁崖相国同坐政事堂。闻墙外马行声，曰：'此良马也，白身而黑蹄。'史公曰：'闻声知良，容或有之，若隔墙兼知其色，则吾不信。'遣人视之，果如公言。乃叹曰：'公前身是伯乐耶？'公笑而不答。"① 很明显，来保在当时也许享有"再世伯乐"的美誉，但他本人对此的态度也只是一笑了之，不置可否。

袁才子的脑袋是十分清醒的：正史是正史，小说是小说。正史必须实事求是，小说不妨杜撰演绎。如果有人非把小说当正史看，那只能说明他连文章的基本分类都没搞清楚。

即便抛开小说虚构层面不谈，所有的这类转世记录也都大多可疑。

首先是没有足够的人证、物证，且多半来自某人的自述梦境。要知道，人们对梦境的回忆本就是模模糊糊不甚确切的，阐释梦境更是"公

---

① 亦可参考《清代名人轶事》，有类似记述。——编者注

说公有理,婆说婆有理"的事情。所以此人倘若想让别人往某个方面去想,稍微在说梦时加些心理暗示即可达到目的。

其次,我们看类似张曜的姑父宣称妻侄是张飞转世、王十朋的祖父称孙子是处严和尚转世,都很明显有往脸上贴金的意思。熟读中国史的人,马上就应该明白张曜的姑父有借此振奋军心的目的,与"大楚兴,陈胜王"乃是一个路数。而说马新贻转世为猪,更是赤裸裸的泄愤行为……这种事要是都能信,那咱们还是"相信"历朝历代给帝王立传时,开篇一定要写的"蛟龙其上""赤光绕室"和"神授一丸"吧!

至于儿童的信口开河,更是不能轻易相信了。儿童由于生长发育的原因,语言的表达往往不那么清晰。如果读者有兴趣试试,在言谈中故意省略主谓宾、一句话缺少几个关键词,其实也会形成一模一样的效果。而且,中国古代专有一种对"童谣"的迷信。如"千里草,何青青。十日卜,不得生"之类的,仿佛是预示了祥瑞或凶兆,其实只不过是成人为了扰乱政局故意教孩子们唱的,接着后人又对某些词句穿凿附会进行了解释。

清代百一居士所著笔记《壶天录》中写过这么一件事:在扬州西门外的元宝塘有个姓张的牧童,"性慧而狡"。有一天他放牛时闲得没事,跟街上的人们说:"我今天放牛时,与仙姑相遇,她传授我能治百病的仙法。"有泼皮无赖就开玩笑问他是哪家仙姑,他说是城隍夫人的使女。大家正在嘻嘻哈哈时,他突然大喊一声:"仙姑来也!"人们看他神色严肃,都害怕起来,一起膜拜于地,请仙姑现身。只见牧童口中喃喃自语说:"仙姑说了,缘尚未到,先让我给你们治病,百日后再现身。"没想到,立刻就有人把家中病人带来。牧童"即索笔书符,焚水碗中饮之"，第二天病人果然好了。"于是城厢中哄传仙姑治病，求符水者络绎不绝"，牧童一家可算发了大财。谁知扬州县令是个明白人，他知道牧童在装神弄鬼，而最早那个喝了符水治好病的患者，不是"托儿"就是病程本身已经到了康复期。于是把牧童及其父母抓来一审，牧童果然对诈骗一事供认不讳。县令勃然大怒，"复重责其子而逐之，群谣遂息"。

做父母的，对本来就缺乏理性、言行随意性很强的孩子不好好教育，反而纵容他胡说八道，甚至利用其荒诞的言行，达到追名逐利的目的，实在是可恶至极……而在21世纪的今天，面对大众科学素养有待提高、国家对科普宣传教育日益重视的形势，我们应该怎样面对孩子可能只是信口开河的"古怪言辞"？是付之一笑不作深究，还是添油加醋大张旗鼓，值得每一位家长深思。

十、清末，摄影术咋就成了"招魂术"？

清末，随着各种西方科学技术的不断涌入，国人被迫一方面接受之、尝试之；一方面又畏惧之、猜忌之。结果就造成了信息传播中的真相与讹传掺杂，科学与迷信并行。这一时期，固然闹出了很多荒诞不经的笑话，却也发人深省。

1．图不磨者，名亦不磨

19世纪60年代，随着中外交流的增多，照相术逐渐在上海生根发芽。对此，著名学者葛元煦在《沪游杂记》中记载："西人以药水玻璃夹入横木匣内，匣面嵌小凸镜，对人摄影于玻璃上。取出以沙水冲洗，即见人面，神气部位，无不逼肖。复以药水制就纸片，覆于玻璃上，微照日色，则面貌衣痕陈设物件现出纸上，傅以颜色，胜似写真。近日华人得其传，购药水器具，开设照相楼，延及各省。"这段话是西方照相术传入中国的最早记录之一。但值得格外注意的是后面那句话，因为这句话足以证明聪明的中国人不仅学习到了这一技术，并迅速将其商业化并向全国推广。

而近代大思想家王韬对照相术不仅给予高度关注，还对其中的科学原理进行了深入了解和探究。他在《瀛壖杂志》中写道："西人照相之法，盖即光学之一端，而掺以化学。其法先为穴柜，借日之光，摄影入镜中。所用之药大抵不外乎硝磺、镪水而已。一照即可留影于玻璃，久不脱落。精于术者，不独眉目分析，即纤细之处无不毕现。更能仿照书画，字迹逼真，宛成缩本。近时，能于玻璃移于纸上，印千百幅，悉从此取给。新法又能以玻璃作印版，用墨出，无殊印书。其便捷之法，殆无以复加。"

王韬曾经游历各国，眼界开阔，对任何新派的事物都勇于尝试，是那个时代的弄潮儿。他为人风流倜傥，在"照相"这件事上也颇有收获。他在《漫游随录》一书中记载，自己要前往英国时，正巧有一位名叫周西鲁的女子前来送行。这位女子是他的情人，"谓自此一别，不知相见何时"，接着便剪下自己的一缕发辫做成连环绕相赠，"为他日睹物思人之据，云见此如见其面"。王韬此前曾经赠给她一件昂贵的新衣，周西鲁"以其华丽过分，初不敢服"。这次依依惜别时，周西鲁拿出一张照片赠给王韬，正是她穿着这件衣服照的。王韬一见大喜，"惊鸿艳影，殆足销魂"。

到19世纪70年代，上海的照相馆已不复为洋人垄断，而是越来越多地由华人开设。特别是苏三兴于同治十一年（1872年）在三马路开设的三兴照相馆，曾在《申报》上刊登了首则照相馆广告，开一时风气之先。据《申江名胜图说》中记述："沪上照相馆多至数十家，而以三马路之苏三兴为首屈一指，凡柳巷娇娃、梨园妙选，无不倩其印成小幅贻赠所欢。"

虽然妓女和优伶是照相馆的主要光顾者，其目的也主要是招揽客户，从而引起一些卫道士的侧目。但随着时间推移，越来越多的文人雅士开始接受这一"图不磨者，名亦不磨"的时尚之举。后来，那些名门望族的大家闺秀也纷纷走出家门，前往照相馆照相并将相片馈赠亲友，他们的榜样作用无疑极大地带动了大众对这一行为的接受和认可。

2. 妖镜摄影，誓死不愿

在照相业不断得到推广和普及的同时，对之产生否定和质疑的声音一直没有断过：有的说拍照会摄走人的魂魄，有的说拍照会照出鬼影，更有人说拍半身像就是将人腰斩，必将导致照相者横死……就像鲁迅先生在《论照相之类》中回忆的："要之，照相似乎是妖术。咸丰年间，或一省里，还有因为能照相而被乡下人捣毁的事情。"确实，在传统文化重重桎梏的封建时代，任何新生事物的落地生根和成长发育，都注定不是一帆风顺的。

这几种诡异的说法，细究起来都各有原因。我们知道，早期照相采用的是湿版摄影法。这种摄影法拍摄的等待时间长，所以被拍照的人往往面容呆滞，结束后又会因疲惫而哈欠连天，容易给人萎靡不振之感。而且由于技术上存在种种有待完善之处，所以特别容易在成像后造成发虚、重影等情况，给人一种诡异莫名的感觉。在这种疑神疑鬼的心理作用下，任何意外和不幸都会跟拍照联系起来。再加上前面提到的卫道士看不惯妓女优伶以照片赠人而恶意造谣，导致一时间各种愚昧迷信的传说大行其道。英国摄影师约翰·汤姆逊就回忆："那些有知识有地位的中国人向人群散布谣言，说照片会'摄'走人的精气神。人在拍照后就会命丧黄泉……作为一名摄影师，我扮演的角色有些像'催命鬼'。"

比如，当时一部流行小说《婚姻鉴》就提到，有位丈夫邀请妻子换上盛装，与他一起拍全家福。妻子断然拒绝道："妖镜摄影，必损我子之目光，余誓死不愿。"但作者对此是不置可否的。他回忆自己年轻时曾经拍照，结束后跟一群狐朋狗友赌博，"历三昼夜未交睫，目乃赤如榴，剧痛不可言状"。他怀疑自己的眼疾是摄影导致的，便去看医生。医生看完之后又好气又好笑地说，你三天三夜不合眼，眼睛当然会肿痛，关摄影什么事，"治之必愈，毋多疑也"。后来果然治好了，"而余疑亦释"。

当然也有例外，当时有一些人认为拍照可以去除身上的"晦气"，所以便到照相馆付钱拍照，当然照片和底片是绝不会拿走的。

3．为睹遗容，降乩摄影

另外，在清末民初的著名学者柴小梵的《梵天庐丛录》中写过这么一件事：北京前门外有一家照相馆。有一天，"有某女学校学生十一人来合摄一影"。等照片洗出来一看，发现有个女生的身后多了一个少年男子，导致十一人拍的照片上有了十二人。照相馆的老板感到非常害怕，等学生前来取照片时，老板便托言上次拍摄得不好，照片模糊不可交付，愿意免费为她们重拍一次。女学生们于是重新来到店里拍摄了一遍，"不意洗出之片上，少年男子仍在"。这下老板可吓坏了，等学生再来取照片时，便据实相告。女学生们一看，果然如此。其中一个来自湖南的汤姓女孩"见之，潸然泪下"，大家问她为什么哭泣，她说："此少年非他，乃吾已故之未婚夫也。"众人都以为不祥，将那照片付之一炬了事。

这类事情在当时时有发生。徐新华在《彤芬室笔记》中记载："长沙芙蓉镜照相馆曾为柳某摄照，其已故之妾，亦现影身侧，形容宛肖。"

而郭则沄在《洞灵小志》中也记载过很多桩类似事件：时任河南巡抚的陈夒龙死了爱女，"家人摄影而女影在侧，隐约可辨"；福州北门外多丛冢，有上坟的人祭祀完毕后照相留念，见"影中有古装妇人"；厦门公园有游人摄影留念的项目，一对夫妇拍完后一看照片，发现"一小儿影遥飘空际"，夫妇见之大哭，说正是他们死去的孩子；有个名叫谢复初的侨商，妻子病逝，出殡时拍了照，照片上"则妇衣殓服趺坐灵几上，风貌宛然"……

前面讲过，由于湿版摄影法受技术所限，难免造成照片模糊或重影。但在那些思念逝去亲人的人看来，哪怕只有一个熟悉的轮廓，也可以做返魂之解。在世人眼中，摄影术既然具有某种"通灵"之用，于是有些巫师神汉之类的骗子，便将其作为"招魂术"加以利用，后来甚至还出现了"降乩摄影"。

郭则沄的《洞灵小志》中记载，光绪朝监察御史徐定超与他一向交好，不幸于民国6年（1917年）在坐船从上海前往温州的路上，"舟触礁立沉，与其夫人俱溺死"[1]，尸骨无存。徐定超的长子悲痛欲绝，"以莫睹遗容为恨"。于是请人降乩。"乩令张白布于坛，以西法摄之，中有人影，瘦而长髯，宛然侍御[2]"，这阵势与少翁为汉武帝招魂王夫人，大同小异罢了。

事实上，直到20世纪90年代，依然有一些所谓的"气功大师"装神弄鬼。他们拿着曝光过度的照片，当成他们灵魂出窍或神功护体的证

---

[1] 据史料记载，徐定超和他的夫人是因所乘的普济轮船在吴淞江口被一艘英国轮船撞沉而遇难的。

[2] 即徐定超。

据，欺骗大众并屡屡得逞。这似乎再一次说明：科学技术的进步，绝不代表着科学精神的建立。如果徒具前者而缺乏后者，那么再前卫的新技术，往往也会沦为旧事物的"招魂术"。